四时赏花录

花月令

山东文艺出版社

蓝紫青灰

著

图书在版编目（CIP）数据

花月令 / 蓝紫青灰著 . —济南：山东文艺出版社，2021.1
ISBN 978-7-5329-6251-8

Ⅰ . ①花… Ⅱ . ①蓝… Ⅲ . ①散文集—中国—当代
Ⅳ . ① I267

中国版本图书馆 CIP 数据核字（2020）第 210898 号

花月令
HUA YUE LING
蓝紫青灰　著

主管单位	山东出版传媒股份有限公司
出版发行	山东文艺出版社
社　　址	山东省济南市英雄山路 189 号
邮　　编	250002
网　　址	www.sdwypress.com
读者服务	0531-82098776（总编室）
	0531-82098775（市场营销部）
电子邮箱	sdwy@sdpress.com.cn
印　　刷	山东临沂新华印刷物流集团有限责任公司
开　　本	890 毫米 ×1240 毫米　1/32
印　　张	8.5
字　　数	190 千
版　　次	2021 年 1 月第 1 版
印　　次	2021 年 1 月第 1 次印刷
书　　号	ISBN 978-7-5329-6251-8
定　　价	59.80 元

版权专有，侵权必究。如有图书质量问题，请与出版社联系调换。

序：
我们都是草木之人

刘夙

在世界各个族群的传统文化中，植物文化都占据重要地位，而且总是富有感性、诗意和"天人合一"的隐喻性。除了因为植物对人类生活具有重要实用意义之外，也许还和植物之"静"有很大关系。因为植物不会动，所以易于接近、易于观察、易于移栽；加上植物本身种类繁多，久而久之，便足以让接触它们的族群萃取出丰富的文化意象，世代积累起来。可以说，植物和我们息息相关，我们都是"草木之人"。

传统文化是构建族群这个"想象的共同体"的重要手段。中国传统文化之所以具有经久不衰的生命力，始终深深影响着大众文化，并不仅仅是因为它美，更是因为它让我们有了归属于一个群体的幸福感和安全感。传统植物文化既然是传统文化的关键组成部分，受到大众欢迎也便理所当然。曾经有人说，比起动物类的科普书来，植物类的普及性读物似乎总是很"飘"，不满足于对科学事实的介绍，总想感慨一番，上升到精神世界。其实这正是植物文化的特色，是大众的偏好，是市场的需求。

然而，传统植物文化是一种跨知识领域的文化，需要植物学和传统文化的融会贯通。由于现代社会的分科教育，植物学专家往往不谙传统文化，而精于传统文化的人对植物学又不甚了然。

因此坊间介绍中国传统植物文化的书籍虽多,大部分却总让人有"偏科"之感。植物学出身的作者介绍的传统文化不是囿于常经俗典,就是把经不起推敲的传闻逸事和凡诗劣章当成精品郑重端出;而有传统文化功底的作者对于植物学知识也常常缺乏分辨能力,以致谬误层见叠出。

当然,这种状况不应苛责。正是这些开拓者的努力,让后来者更上层楼。《花月令》就是这样一部后来居上的传统植物文化随笔集。

这本书独出心裁地选择了程羽文的《花月令》作为纲目,循着这篇饶有趣味的植物文化小品,按季节介绍了许多中华传统名花,在篇章布局上就给人新鲜之感。上起《诗经》、下至清人诗作的诸多古典文学篇目和典故无不信手拈来,自然清新而不造作,抒情也恰到好处,正是作者在小说写作和古典文学方面造诣的体现。不仅如此,作者对植物分类学很熟悉,在对古籍植物名称进行考证的基础上,介绍了很多在同类著作中常被搞错的知识,所配图片更是兼具艺术性和准确性。

《花月令》是一部科学与人文兼长,又能体现作者专长的优秀作品。它为今后的同类书籍的写作提供了榜样,也树立了更高的标准。

更难能可贵的是,蓝紫青灰用她深刻的洞察力为传统植物文化的普及写作开拓了新的空间。她提到了中国古代也有花语体系,比如芍药意味着离别,当归意味着招邀,萱草表示忘忧,合欢寄意蠲忿。我们是不是可以把这些花语搜集在一起,建立一套相对完整的中国花语体系呢?我想一定会有人对这个工作感兴趣的。

目录

序：我们都是草木之人　刘夙 …… 1

正月 …… 1
- 兰蕙芳 …… 2
- 瑞香烈 …… 7
- 樱桃始葩 …… 11
- 迎春初放 …… 16

二月 …… 19
- 桃夭 …… 20
- 玉兰解 …… 25
- 紫荆繁 …… 30
- 杏花饰其靥 …… 34
- 梨花溶 …… 37
- 李能白 …… 40

三月 …… 45
- 蔷薇蔓 …… 46
- 木笔书空 …… 50

棣萼韡韡 …………… 54
　　杨入大水为萍 ………… 57
　　海棠睡 …………………… 60
　　绣球落 …………………… 66

四月 ……………………………… 71
　　牡丹王 …………………… 72
　　芍药相于阶 …………… 76
　　罂粟满 …………………… 80
　　木香上升 ………………… 86
　　杜鹃归 …………………… 90
　　荼蘼香梦 ………………… 94

五月 ……………………………… 99
　　榴花照眼 ……………… 100
　　萱北乡 ………………… 105
　　夜合始交 ……………… 110
　　蒼卜有香 ……………… 113
　　锦葵开 ………………… 116
　　山丹赪 ………………… 119

六月 …………………………… 123
　　桐花馥 ………………… 124
　　菡萏为莲 ……………… 128

茉莉来宾 …………… 133

　　凌霄结 ……………… 136

　　凤仙降于庭 ………… 141

　　鸡冠环户 …………… 144

七月 …………………… 147

　　葵倾赤 ……………… 148

　　玉簪搔头 …………… 153

　　紫薇浸月 …………… 157

　　木槿朝荣 …………… 161

　　蓼花红 ……………… 165

　　菱花乃实 …………… 170

八月 …………………… 173

　　槐花黄 ……………… 174

　　桂香飘 ……………… 178

　　断肠始娇 …………… 181

　　白蘋开 ……………… 184

　　金钱始落 …………… 187

　　丁香紫 ……………… 190

九月 …………………… 193

　　菊有英 ……………… 194

　　芙蓉冷 ……………… 199

汉官秋老 …………… 204
橙橘登 ……………… 209
山药乳 ……………… 213

十月 ………………… 215
木叶脱 ……………… 216
苔枯 ………………… 220
芦始狄 ……………… 222

十一月 ……………… 227
蕉花红 ……………… 228
枇杷蕊 ……………… 232
松柏秀 ……………… 236

十二月 ……………… 239
蜡梅坼 ……………… 240
茗花发 ……………… 244
水仙负冰 …………… 247
梅香绽 ……………… 251
山茶灼 ……………… 256

附录：花月令　明·程羽文 ……… 261

孟春之月　正月

兰蕙芳，瑞香烈，樱桃始葩，径草绿，望春初放，百花萌动。

——明·程羽文《花月令》

注：望春即玉兰，后文有玉兰、木笔（紫玉兰），故本书改写迎春花。

 颜色

 新桑

兰蕙芳

大唐开元年间,兰花初出幽谷,被时人珍若拱璧,长安人以有一盆兰花为荣。霍定与朋友游曲江,豪宴欢饮,酒酣耳热之后,以千金募人,潜入贵侯家中,窃得亭榭中兰花,插于帽上,持于手中,往绮罗丛中叫卖。一时士子游女争相购买,抛掷金钱无数。

开元十九年(731),三十岁的王维状元及第,又得玉真公主垂青,那真是春风得意马蹄疾,一日看尽长安花。那时长安城中最绚丽夺目的花是牡丹,但王维却单单钟爱兰花,他以黄瓷斗贮兰蕙,养以绮石。王维的时代,是中国历史上最隆盛繁华的开元盛世。后人说起那个年代,无不投以向往的目光。三十年后,杜甫不胜怅惘地叹息道:"忆昔开元全盛日,小邑犹藏万家室。稻米流脂粟米白,公私仓廪俱丰实。"

安史之乱后,大唐已不能恢复从前的荣光,对兰花的推崇也一度衰微了下来。兰花告别王谢堂前,进入寻常百姓家。温庭筠移植了几本兰花,种之于庭,灌溉拂拭,一年之后,兰花"芃然蕃殖"。兰花再次显贵,是在南唐保大二年(944),中主李璟到饮香亭观赏品鉴新兰,下诏取沪溪美土壅培,又封兰花为馨烈侯。

兰花甫一出山,便以香韵冠绝一时,被人称为香祖。但在唐以前,上溯至先秦,兰是水边的草、泽边的花,高洁时是屈原的香草,

宋 佚名

卑贱时是大道边的薪:

> 兰草自然香,生于大道旁。要镰八九月,俱在束薪中。(《古乐府》)

隋朝虞世基在《秋日赠王中舍诗》中说"兰枯芳草歇",细味其意,是秋天的兰草已经枯萎,兰草本身浓烈的芳香也随之散失。

今人如果深思一下便会产生疑问：我们现在熟悉的兰花就算不开花，也是四季常绿不会枯呢。

实际上，这是因为，从隋到唐，"兰"的所指发生了变化。在此之前，"兰"是泽兰、佩兰；在此之后，"兰"是兰花。泽兰、佩兰是菊科植物，兰花则属兰科。栽培兰花欣赏，正是从唐朝开始的，至南宋已经蔚然成风。最早的写兰著作是南宋赵时庚的《金漳兰谱》，成书于1233年。而孔子说的"王者之香"和屈原的"滋兰之九畹"，指的都是菊科的泽兰、佩兰。

但不管是先秦的泽兰、佩兰，还是如今的兰花，"兰"始终以清贵高洁的面目示人，其意象没有变过。孔子周游列国，不被诸侯所用，见隐谷之中香兰独茂，喟然叹息："夫兰当为王者香，今乃独茂，与众草为伍，譬犹贤者不逢时，与鄙夫为伦也。"这与后世对兰花的寄托是一致的。到了南宋，北土尽蒙胡尘，而郑思肖画兰，尽为无根兰、无土兰。人问其意，他言道："土为蕃人夺，忍著耶？"足下之地，无一寸属我，画中之兰，又岂能附泥而活？不著一字，满怀悲愤，尽见纸上。兰花的卓尔不群之姿，和隐谷之兰无异。

兰于国人，便是这样的精神寄托。一代一代，由圣哲、文人、志士书写，流传开来，融于整个民族的魂魄。养兰之人，并不为花。无花之时静心，有花开时便是锦上添花。有花无花，皆是大佳。

一丛兰草，不论有花没花，总会让人俗虑尽消、心生静意。兰花的美，是从叶到花，从色到香，无处不佳。别的花，哪怕高洁如梅、清雅如菊，不开花的时候，也不会令人镇日相对而不生倦意。少有人会放一盆梅桩或菊叶在桌上，但兰草，一直是文人的案头清供。

现在所说的兰，指的是国兰——中国南方产的几种地生兰。兰科的植物，分地生、附生、腐生等几种。蝴蝶兰、万代兰等国外热带兰，石斛这种国产附生兰，都不属于国兰的范围。全世界兰科植物有两万余种，而国人称赏的国兰，不过是建兰、春兰、墨兰、寒兰、蕙兰几种。

一年四季，春有春兰，夏有蕙，秋有建兰，冬有墨兰和寒兰。这其中，又以春兰为首。春兰耐寒，花期一到三月。一株春兰，叶不过九片，花茎只有一枝，开花一朵，颜色浅绿或洁白，真正孤标自傲、清雅绝俗。

一茎一花是兰的特征，一茎数花，就是蕙了。蕙一名九头兰，又名夏兰、夏蕙，一茎常发八九朵花，少则五朵，多者有十二三朵。"兰蕙"并称，其实不是一种：一茎一花为兰，一茎数花为蕙。

瑞香烈

过去官宦文士之家,新年元旦之日,照例要在书房或堂屋的桌上摆放果品、花木、瓶、炉等,谓之岁朝清供。堂中插花要瓶大花盛,一派富贵气象,暖房里催开的盆栽牡丹是首选。或者,插一枝半人高的朱砂梅在青铜花觚里,更有钟鸣鼎食之象。

书斋插花则要小巧雅致。墙上挂一轴画,画下设一几案,陈列花卉水果。这些花果通常是时令之物,如一盆万年青、一盆水仙花、一盆瑞香花,旁立一只素净梅瓶,里面插着一枝蜡梅、一枝南天竹,加几枝山茶、红梅等颜色妍丽的花木,旁边摆放点橘子、佛手、香橼等有香味的果品。

岁朝清供的风俗起自宋元,至明清到达顶峰,直至民国不衰。普通贫寒人家也会设一净几,哪怕没有佛手、香橼等闻香之果,也要摆放荸荠、风栗等乡村野物作为清供。花卉自然是选当季的,牡丹是不会考虑的,日常窗前的万年青、篱下的南天竹等有红色果子的是首选,再搭配黄色的蜡梅、朱红的山茶、雪白的江梅、玉雕似的水仙,那真是清、红、香、美,无一不佳。如果再添一盆瑞香花,在艳红娇黄之外,又加上一丛粉紫,香气愈加浓郁,名字又显佳兆,更是完美之至。

瑞香的得名过程,载于《清异录》。

瑞香

宋 李嵩

庐山瑞香花，始缘一比丘昼寝磐石上，梦中闻花香烈酷不可名，既觉，寻香求之，因名睡香。四方奇之，谓为花中祥瑞，遂以瑞易睡。（宋·陶谷《清异录》）

这则故事里说，有个住在庐山上的和尚，白天在一块大石头上睡觉，梦中闻到浓郁花香，醒来后找到花树一株，命名为睡香，因是睡梦中所得。后来传出去，大家都觉得很神奇，是祥瑞的征兆，于是改称它为瑞香。

宋朝人很喜欢瑞香花，多有诗人题咏。钱时有《寄家书有怀岁寒五友二首》，云："想得瑞香花日多，水仙消息又如何。"瑞香和水仙同开，是年末岁初的景象。瑞香叶子青碧，花朵内粉外紫，有色有香，清新雅致，正是岁朝清供的上佳之选。

南宋潘牥《瑞香》诗云：

瑞香蓓蕾破寒晴，稚子呼为紫素馨。万斛幽香量不尽，霜风吹送暮天青。

瑞香花如素馨，花开四瓣，微张而吐，香气浓郁。种之瓷盆，置之案头，素净可爱。种之庭院，高不过人，姿态优美。

明朝杨慎《升庵诗话》云："瑞香花，即《楚辞》所谓露甲也。"露甲这个名字十分古怪，出自屈原《九章·涉江》，又作露申：

鸾鸟凤凰，日以远兮。燕雀乌鹊，巢堂坛兮。露申辛夷，死林薄兮。腥臊并御，芳不得薄兮。

屈子的诗大致都是这样的内容：君子在流浪，小人在庙堂。鸾凤在天边，燕雀在高堂。香花在草莽，臭草在明堂。露申和辛夷只能在深山老林里独自开谢，无人惊叹它们的美丽，赞美它们的芳香。清代戴震说露申即申椒（一种花椒），"状若繁露，故名"。但杨慎之说一出，露甲也就成了瑞香的别名。

《升庵诗话》还记载了瑞香的两个别名：锦熏笼，锦被堆。名字真是香艳。

樱桃始葩

樱桃，三月初开花，六月果实成熟，转瞬间春去夏来，让人不免感叹："流光容易把人抛，红了樱桃，绿了芭蕉。"一年的春光又去了，人又老一岁。流年度，怕春色三分，两分尘土。

樱桃这个美丽的小东西，就这样被文人们镀上了伤感的色彩。在西洋油画里，樱桃一颗颗的，朱紫鲜红，点着高光的白点，只为展示画家的功力，从来没有莫名其妙的哀愁。他们有的是樱桃果酱、樱桃酒、黑森林蛋糕，甜蜜殷实。中国诗人的笔下，则是"海上朱樱赠所思""空作主人惆怅诗"。在他们那里，没有什么是不可以用来伤春悲秋的，大到天地宇宙，小到油盐酱醋。

说樱桃，最美的莫过于樱唇。很多时候，樱桃小口就是美人的代名词。金庸的"好逑汤"里，关键的一味主料就是樱桃："另一碗却是碧绿的清汤中浮着数十颗殷红的樱桃，又漂着七八片粉红色的花瓣，底下衬着嫩笋丁子，红白绿三色辉映，鲜艳夺目。汤中泛出荷叶的清香，想来这清汤是以荷叶熬成的了……黄蓉笑道：'这如花容颜，樱桃小嘴，便是美人了，是不是？'"樱桃小嘴，出自白居易的"樱桃樊素口，杨柳小蛮腰"之句。樊素、小蛮均为白府家伎，樊素善歌，小蛮善舞。这道"好逑汤"大约是脱胎自唐朝官员们的工作餐"樱笋厨"。

北宋钱易撰有《南部新书》一书，所记大多为唐代事，少数是有关五代的。其中提到"樱笋厨"说："长安四月以后，自堂厨至百司厨，通谓之'樱笋厨'。"具体做法不得而知，我觉得樱桃应该是饭后甜点，不至于像黄蓉那样，先把核剜掉再往里酿雀儿肉。

樱桃一名楔，又有荆桃、含桃、崖蜜、蜡樱、朱英、麦英数名。古书上说樱桃树得正阳之气，因此果实比桃子、梅子、枇杷、杨梅都成熟得早。《礼记》上说宗庙祭祀，要用樱桃，就是取它最先成熟，有正阳之气。樱桃花开得早，结果子也早。在别的瓜果上市之前，樱桃先百果而红，因此显得特别珍贵。唐代进士及第的庆祝宴会便叫樱桃宴，宴席上皇帝亲赐樱桃。御苑中出产的樱桃在供奉过祖庙后会分赐给大臣，因此便有了《敕赐百官樱桃》诗，王维说"芙蓉阙下会千官，紫禁朱樱出上阑"，便是描写这情景的。

唐朝宫中最喜樱桃，《旧唐书》中说："夏四月丁亥，上游樱桃园，引中书门下五品以上诸司长官、学士等入芳林园尝樱桃。便令马上口摘，置酒为乐。"唐中宗带着官员游园摘樱桃，君臣之间颇为融洽。皇帝不但带头玩，还有儿戏之兴，"口摘"就是用嘴把樱桃从枝上咬下来。《唐语林》说："玄宗紫宸殿樱桃熟，命百官口摘之。"想想一个个绯袍大官，颏下蓄着白的黑的长的短的胡子，仰着脸咬树上的樱桃，感觉真有点滑稽。王维实况记录了当时的情形："归鞍竞带青丝笼，中使频倾赤玉盘。饱食不须愁内热，大官还有蔗浆寒。"用甘蔗汁（蔗浆）配樱桃，是唐朝人吃樱桃的惯例。韩偓《恩赐樱桃分寄朝士》中说："蔗浆自透银杯冷，朱实相辉玉碗红。"用白玉碗盛樱桃，映得碗也变红了。

皇帝与百官同乐，在太平年辰，还是蛮多的。从唐朝退回到东汉，东晋王嘉的《拾遗录》中记载道："汉明帝于月夜宴赐群臣樱桃，盛以赤瑛盘。群臣视之月下，以为空盘，帝笑之。"（《太平御览》引）遥想东汉某年，农历四月十五或十六的晚上，明光如烛，长袖曲裾细腰的宫女捧出赤瑛盘来，上面堆放着朱紫的樱桃，月色下金红一片。臣愕君笑，恍如一梦。皇帝肯和大臣开玩笑，确实是佳话一段。

樱桃树不高大，枝繁叶茂，春初开白花，略带些粉灰色。繁花如雪，堆满枝头，花蕊含蜜，最是招蜂引蝶，因此唐人诗中才说："记得初生雪满枝，和蜂和蝶带花移。"樱桃结子，一枝数十颗，有朱、紫、黄等色。红色的叫朱樱；紫色、果皮里面有细黄点的，叫紫樱，味道最甜；黄色的叫蜡樱；小而红的叫樱珠。味道最好的要数朱、紫二樱。

《红楼梦》里"金鸳鸯三宣牙牌令"一章，有极精彩的樱桃诗句：

> 鸳鸯又道："有了一副：左边长幺两点明。"湘云道："双悬日月照乾坤。"鸳鸯道："右边长幺两点明。"湘云道："闲花落地听无声。"鸳鸯道："中间还得幺四来。"湘云道："日边红杏倚云栽。"鸳鸯道："凑成樱桃九熟。"湘云道："御园却被鸟衔出。"

这里说的"牙牌"是指象牙或牛骨做的牌，又叫"天九牌"。按牌面来说，左右两边各是一张"长幺"，这是地牌，图案为两个红点；中间的"幺四"，图案的一头是一点，另一头是四点，也是红色；三张牌加起来就是九个红点，因此牌面组成一幅"樱桃九熟"图。

一副天九牌一共才三十二张，全红色的牌只有地牌、人牌、幺四。这三张牌面组合得这么精巧好看，又一下子被砌到了一处，还被鸳鸯亮了出来，也实在太巧了。曹雪芹为了写这一段文字，为了凑这么好看的牌面，花了多少心思，这么一看，就心下了然了——他为此甚至改了王维的诗！

迎春初放

迎春开花早，与梅花同放。刚一交春，长长的枝条上便开出黄色的花朵，金灿灿的，便有了"金梅"的别称。此外，迎春花又名"金腰带"，开花的时候，长长的枝条上缀满了金黄色的小花，像一条镶了金花的腰带。

迎春花在立春前后开放。正是少花季节，天地一片萧瑟，山野里不是白雪黑土，就是枯枝黄草，此时有几朵金灿灿、亮闪闪的迎春花跳进人的眼帘，怎不令人欣喜？它的名字里就写满人们的欢喜。"雪霁花梢春欲到，饯腊迎春，一夜花开早。"腊月将尽，迎春花开，报春消息。

自然界中的植物枝条大多数是圆的，迎春花的枝条为四棱状，颇为奇特。此特点南迎春更明显。南迎春是俗名，正式名是野迎春，又名云南黄馨、迎春柳等。

在古人眼里，迎春花和野迎春差不多，两者都可以叫迎春。迎春花生长北方，是落叶灌木；野迎春则是南方植物，冬夏常绿。野迎春枝叶皆具清香，微风拂过，或分枝而行，便有清香扑鼻。

迎春花期颇长，从二月早春便开，一直开到四月仲春，此时连翘也开了。这两者都是藤蔓上开一串黄花，常被搞混。要区分也不难，连翘花为四瓣，有一个长花筒，花瓣微张，花形如钟；

迎春

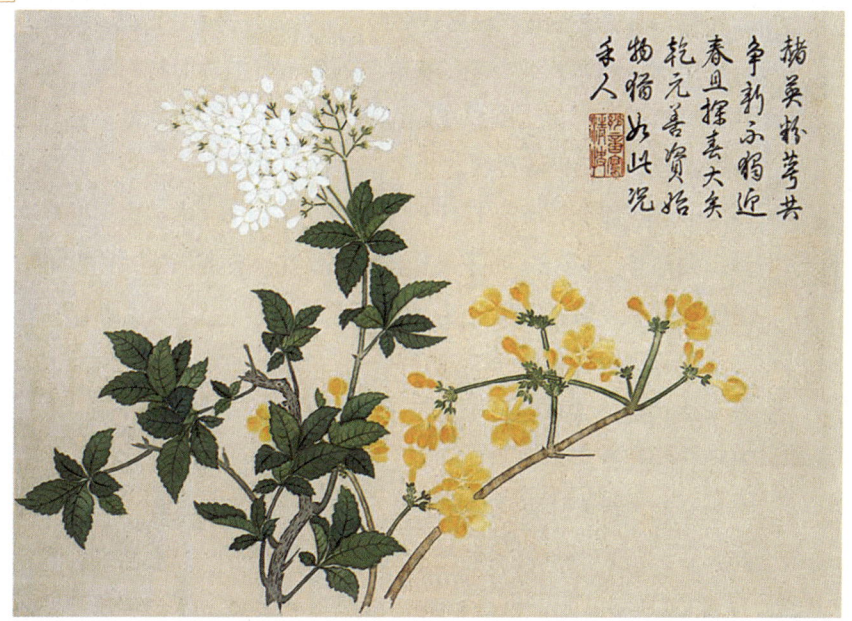

清 钱维城

迎春花开六瓣，花形如碟。古人曾说凡草木花多五出，雪花独六出，是忘了迎春花、水仙花，还有栀子花了，这些花都是六瓣的。

有迎春便有迎夏，迎夏是别名，正式名是探春。迎春、探春，恍惚间大观园两姐妹齐至。探春与迎春、野迎春同科同属，都是木樨科素馨属，说是姐妹花，再确切没有了。难得的是，三种花皆是黄色，又皆为藤蔓状。

迎春花哪儿都能见到，公园、城市绿地、住宅小区，甚至野地山坡都有。种迎春，最好是让植株依傍在岩石上，或者放在高处，绿叶黄花便会像帘子般垂下。

在天气暖和的年份，迎春从一月起就开始零星有花，三月四月到达极盛。这黄色小花真正是应春之花，从冬末到春阑，都能见到它的笑靥。

它就像粗服乱头的乡野姑娘，出身寒微，不粉不脂，不香不芳，却真正天姿嫣然。它不惧严冬酷寒，先春而开，报春消息，预示春天的到来。

古时文人曾把名花比作"客"，如梅为清客，兰为幽客，杏为艳客，莲为净客……名号都很恰当，唯独迎春花被封为僭客。僭是僭越、超越本分。也许是觉得它比梅花还要开得早，又名金梅花，抢了梅花的名分。

但这些名号，只是文人无聊时的玩意儿。百花才不管世人怎么看，它们该开花便开花，该结果便结果，自是自己的主人。迎春花并不在意这些无聊的调笑之语，早早地就开了花，就要赶在梅花之前。若说迎春花有什么地方不如梅花，只稍欠香味耳，但野迎春枝叶的香气可补其不足。

仲春之月　二月

桃夭，玉兰解，紫荆繁，杏花饰其靥，梨花溶，李能白。

——明·程羽文《花月令》

颜色

鱼白

桃夭

桃花是仙品，坠落于凡间。《桃花源记》一文，奠定了桃花的地位。

> 缘溪行，忘路之远近。忽逢桃花林，夹岸数百步，中无杂树，芳草鲜美，落英缤纷……林尽水源，豁然开朗。土地平旷，屋舍俨然，有良田美池桑竹之属。阡陌交通，鸡犬相闻。（东晋·陶渊明《桃花源记》）

这一段文字，展现的正是现代人向往无限的田园生活。"田园将芜胡不归"的归隐思想深植于我们的基因中。虽然都市人已经没有了可归的田园，但精神上的那一处恬淡祥和的家园，始终是在那里的。那个所在一定是像桃花源一样，有田可耕，有溪可渔，有竹可笋，有桃可赏，有人可群，有家可安；无阶级，无课税；有灿烂春阳，有洁净空气，无PM2.5。现代工业社会有多么令人心烦意乱、精神抑郁，那一处桃花源就有多么美好。

是桃花给了这个幻想世界乌托邦以明媚之色彩，换了别的花别的树就少了些意境。试想一下，这一片被群山环绕的平地农田，如果田里的稻子、地里的桑树都不动，只把田埂上、房舍前的数

清　恽寿平

十株桃花换成梨花、李花，这一幅天然图画就要逊色许多。这里面，桃花的粉红色起了关键的作用，它是点睛的亮色。青山、绿水、桑林、竹园、稻田、菜地，这一片深深浅浅的青绿山水中，涂抹了几枝桃花，就跳脱欢快了起来。这是色彩给人的暗示。桃红色是欢悦的、轻盈的、带动情绪向上飞扬的，梨花、李花的洁白无此功力。桃花能营造一种欣欣向荣的气氛，它带给人们的联想异常丰富。一枝桃花可以带动周边活跃起来，伴随桃花出现的一定有燕子衔泥筑巢、溪水上涨湿岸、杨柳爆青飘絮、和风丽日晴暖……

"桃之夭夭，灼灼其华。"夭是盛，灼是明，桃花是青春。

桃树原产我国，栽培历史有三千年以上。桃有多种，有的还有自己独用的字。《尔雅》中说，冬桃名旄，山桃名榹桃。山桃果小味酸，不堪食用，但开花最早。

惊蛰三候，一候桃始华，二候仓庚鸣，三候鹰化为鸠。一个节气十五天，五天为一候。惊蛰之后，先是桃花开，过了五天黄鹂鸣叫，再过五天，苍鹰化为斑鸠。现代人不再会相信不同物种之间会互化，但这个时候，小型猛禽如鹰、隼、鸳、鸢、鹞等冬候鸟飞往北方，斑鸠等留鸟出来活动，把"化"理解为变化就好理解了。这个季节，确实可以看到鹰隼掠过天空。

我家窗外有一棵高大的榆树，惊蛰时分，榆钱已成，树上停满了柳莺和白头鹎，偶有黄鹂飞停。这些鸟儿早晨从五点钟就开始鸣叫，整天不停。柳莺俗名柳串儿或榆串儿，初春啄食柳树和榆树上的柳眉儿、榆钱儿为食。后两个物候非常准确。

而"一候桃始华"，会不会早了点？印象里，公园里常见的观赏桃、碧桃、油桃等起码到春分才开。直到有一次，我在惊蛰那天去植物园，看到一株山桃的枝条上打满了苞，零星开了三五朵花，而旁边的碧桃和油桃才鼓了一点花芽，始信古人的经验是对的。

　　植物园里桃园旁边是梅园，赏梅的季节是二月，此时尚春寒料峭。有人来赏花，看见满园的梅花，口里惊呼的是桃花开了。后来我发现，那些辨不清桃花、梅花的人，大多是把宫粉梅当成了桃花。当面对朱砂梅和绿萼梅时，唤作桃花的人就不多了。

　　桃花虽然也有大红的绯桃和白色的白碧桃，但桃红却是其标准色。

　　桃易植，树难久。桃寿数不长，不过十年二十年。山桃略长寿一些，也不过五十年左右。杭州西湖的苏堤上，几百年来，种的都是桃树和柳树。民谚说"西湖美景六条桥，一株杨柳一株桃"，桃红柳绿是春天最美的景象。只是桃树寿短，每过几年就要重种一次。苏堤上的桃树，真是常见常新，没有老桩。而柳树又都高大，柳枝长垂，拂在水面，点点成漪。柳粗而桃小，柳壮而桃弱，诚为憾事。二十世纪日据时期，苏堤上的桃树尽被拔除，改种樱花；抗战胜利，人们又拔掉樱花树，种回桃树。桃花红，岸柳绿，是中国人审美上的追求，马虎不得，不容亵渎。桃花开时，柳树也发芽了。粉红的桃花配上嫩绿的翠柳，柳树枝条上又停满了柳莺，叽叽喳喳叫个不停——苏堤春晓，柳浪闻莺，再美不过了。

玉兰解

玉兰之名，从木兰而来。木兰是屈原笔下的高洁之树："朝饮木兰之坠露兮，夕餐秋菊之落英。"（《离骚》）

"桂棹兮兰枻，斫冰兮积雪"（《九歌·湘君》），屈原为湘夫人造了一艘"兰桂舫"，桂树为桨，木兰为舷，驶过冰一样空明的水面，击起雪花一样的浪。湘夫人乘坐这艘散发香气的船去寻找湘君，唱出了唯美的爱情哀歌。

南朝梁代的任昉在《述异记》里写道："木兰洲在浔阳江中，多木兰树，昔吴王阖闾植木兰于此，用构宫殿也。七里洲中，有鲁班刻木兰为舟，舟至今在洲中。诗家云木兰舟，出于此。"鲁班是我们最熟悉的木匠大师。任昉说，鲁班曾经用木兰树造过船，那艘"鲁班造"的木兰舟，在南朝的时候，还在七里洲中呢。后代诗人们动不动就说"木兰舟"，这典就是出于这艘"高级豪华游艇"了。

任昉那时候的南朝人，最喜欢采莲。从皇帝到民女，能写的写采莲诗，善唱的唱《采莲曲》，采莲用的就是木兰舟："金桨木兰船，戏采江南莲。"（南朝梁·刘孝威《采莲曲》）木兰舟这个意象用了许久，唐宋诗人写《采莲曲》，姑娘们乘的依然是木兰舟："相逢畏相失，并著木兰舟。"（唐·崔国辅《采莲曲》）

白玉兰

《缂丝乾隆御制诗花卉册》

沿用到后来，所有的船都是兰舟了。宋朝柳永和情人泪别，依然是"留恋处，兰舟催发"。屈原笔下的木兰，名字也美，意象也美，但据学者考证，应为樟科阴香树。后来，"木兰"之名被借用到了现在的玉兰身上。而"玉兰"这个名字出现较晚，大约在唐宋以后。宋末元初陆文圭《亭下玉兰花开》云："初如春笋露纤娇，拆似红莲白羽摇。"未开时如笋，开后形似莲花，写的正是玉兰花。

玉兰花蕾被有茸毛的褐色萼片包裹，将开时坼裂出一条缝，花瓣就从缝中绽放，像是被解开了束缚。明人有诗说"玉兰解瓣将舒蕊"，把玉兰开花的过程用一个"解"字来概括，十分形象。

明朝官修的《大明一统志》中记载："南湖建烟雨楼，楼前玉兰花莹洁俏丽，与翠柏相掩映，挺出楼外，亦是奇观。"玉兰树高，可长到二十米。欣赏玉兰，要么仰望，要么远观，想近看，非登高楼不可。近楼而种，则枝丫横斜，探于楼头窗前，香气盈袖。

明朝王象晋《群芳谱》中解释了这花为什么叫玉兰："玉兰花九瓣，色白微碧，香味似兰，故名玉兰。"

最早开的玉兰是望春玉兰，又名望春花，先春而放，与梅花同开。其后是天目木兰和宝华玉兰，花瓣短而窄、半透明，十分轻盈俏丽。然后便是武当木兰，玫瑰一般的红色花瓣点缀枝头，开遍山野，引得城里人驱车入山观赏。

这时，城市里栽培的白玉兰也呼啦啦接天连地开了，得一日阳春，绽一树琼蕊。白如玉，洁如雪，明如灯，皎如月。端正如茶盏，盛开如羽觞。可惜一夜风雨，便花败如山倒，白瓣见锈，香消韵散；玉杯倾侧，羽觞覆地；半残枝头，半埋泥淖。

白玉兰之后，有二乔玉兰、紫花玉兰、日本星花木兰等次第开放，可以一直开到四月。在西南地区，滇藏木兰、康定木兰、

凹叶木兰、多花木兰等真正的山野精灵跳跃在大山里。它们是最美的木兰花，有的花瓣重叠如莲花，有的花朵硕大如牡丹，有的花色艳丽如红霞。这些美丽的木兰，藏在人迹罕至的深山之中，恰似屈原笔下的高洁芳树。

上海的市花是白玉兰，因此上海街头到处可见白玉兰树。初春时节，处处玉兰怒放，先花后叶，洁白芬芳。一朵朵白花开在枝头，宛如一盏盏瓷白色的灯，风一吹，又如白鸽满树飞翔。晴好的日子，坐在玉兰花树下，静听一片片肥厚的白色花瓣落在身边的草地上；细闻空气里，有一丝丝的清香。

上海的白玉兰开得早，二月底三月初就开了。看着满树的玉兰花，想想从这时候起，每个星期都有不同的花开，从三月桃李芬芳，到四月樱花、海棠如潮涌来，牡丹、芍药国色天香，一直到五月的蔷薇、月季、玫瑰季，就会真正觉得春天真是美好。

到了六月，梅雨季节来临，还有硕大的荷花玉兰（广玉兰）要开呢。可以说，在上海，春天起于白玉兰，而终于广玉兰。广玉兰之后，梅雨季节结束，夏天才真正到来。

紫荆繁

古人说的紫荆，是豆科紫荆属的紫荆，不是香港特别行政区的区花洋紫荆——洋紫荆是豆科羊蹄甲属。

紫荆有个俗名叫"满条红"，它的花深紫色，一簇十余朵，贴着枝干而生，从梢尖一直开到根部。紫荆开花，先花后叶，褐色的树皮上突兀地缀着一簇簇紫花，没有绿叶衬托掩映，便有老树生花之感。故民间给它取了个名儿，唤作"紫袍将军"。只是这紫袍将军身壮体肥、衣窄袍紧，显得有些寒酸。

李渔说，春花多为红色，紫花较少，种两丛紫荆，不过取其色紫，聊以点缀园林，又说：

> 然少枝无叶，贴树生花，虽若紫衣少年，亭亭独立，但觉窄袍紧袂，衣瘦身肥，立于翩翩舞袖之中，不免代为踧踖。
> （清·李渔《闲情偶寄》）

李渔觉得紫荆在一众枝条扶疏、花叶相映的花木间，显得手足无措，于庭院可有可无，估计是受了文震亨的影响。文震亨就觉得紫荆没什么看头，说：

紫荆

清 余省、张为邦

紫荆枝干枯索，花如缀珥，形色香韵，无一可者，特以京兆一事为世所述，以比嘉木。余谓不如多种棣棠，犹得风人之旨。（明·文震亨《长物志》）

他说的"京兆一事"，指的是京兆田真兄弟三人分家一事，出自《续齐谐记》。三人将其他财产平分之后，又打算将堂前紫荆树破为三份。树即枯死，状如火燃。田真大惊，道："树本同株，闻将分斫，所以憔悴。是人不如木也。"三人不复解树，"树应声荣茂"，田氏兄弟也和睦如初。

因"田真哭荆"的故事，紫荆后来成为兄弟友爱、家庭和睦的象征，一说庭前紫荆，便是兄弟之情。李白《上留田行》就写道："田氏仓卒骨肉分，青天白日摧紫荆。"

安史之乱爆发，永王李璘在江陵起兵平乱，李白也慷慨投军，在他麾下。李璘引大军东征，见疑于唐肃宗李亨并被诬为反叛。李璘避祸南逃，终被唐军所擒，死在皇甫侁之手。李白这时在李璘军中，因此获罪，被流放夜郎。李白便写了这首诗讽刺唐肃宗骨肉相残，说"青天白日摧紫荆"。

但用以象征兄友弟恭的草木，可不单是紫荆一种。

常棣之华，鄂不韡韡。凡今之人，莫如兄弟。（《诗经·小雅·常棣》）

这是周公宴请兄弟时作的诗，常棣也因此成为兄弟之情的象征，所以文震亨说"不如多种棣棠"。常棣，棣棠，古人常常混淆，见本书后面的"棣萼韡韡"篇，兹不赘言。

《常棣》里除了用常棣之花比喻兄弟,还有"脊令在原,兄弟急难"的句子,因此鹡鸰鸟也常常用来比喻兄弟。

因都可喻兄弟之情,故紫荆和常棣(又作棠棣)、鹡鸰常常连用,如宋王迈《送陈群何作吉西征》云"非时何事欲西征,为有悲风动紫荆。斜断怜鸿雁惊影,急难方见鹡鸰情",苏泂《金陵杂兴》云"棠棣花残紫荆老,可无书札问孤鸿"。

到了明清,文人在布置花园时,常把两种花木同植一处,如陈淏子《花镜》里就讲,紫荆花若与棣棠并植,金紫相映而开,更觉可人。金花灿烂的棣棠配紫雾朦胧的紫荆,固然观赏效果上佳,但这种设计看中的不只是金紫相映,更是考虑到兄弟相亲的象征意义。

紫荆是丛生灌木,一丛常有十几株,从根部分几株出来就可繁殖。田家兄弟把一丛茂盛的紫荆分成三份,分而植之,其实是有助于生长的。紫荆花的特点是密而多,十余朵簇生成团,盛花期满树都是,远望若紫云一片。

欧洲有一种南欧紫荆,和中国的紫荆一样,也有故事。传说出卖耶稣的犹大吊死在一棵南欧紫荆树上,南欧紫荆因此也叫犹大树。欧洲人说,南欧紫荆的花之所以这么艳丽,是因为树液里流动着犹大的血。南欧紫荆在欧洲是常见的园林树种,盛开时一树紫红,衬着四周绿色的田园山林,怎么看都是一幅美丽的图画。

杏花饰其靥

古人形容美人，最爱用植物：桃腮、杏眼、梨涡、樱唇、柳眉、藕臂、葱指、莲足等等。用杏来形容眼睛美，是说眼形如杏子。也有用杏花来形容女子容貌秀美的，比如明朝徐渭有《纳妾》诗，写那女子的情态是"杏靥开春镜，鸦云换晚妆"。

写杏花最有名的诗，一是唐朝杜牧的"借问酒家何处有，牧童遥指杏花村"，杏花村据考证是在安徽池州，杜牧曾在这里当过三年刺史；一是宋朝叶绍翁的"满园春色关不住，一枝红杏出墙来"，杏树枝长，轻轻松松就可以长过小院墙头，墙里墙外都可以欣赏到。

古人写诗，常化用前人诗句，用得巧妙的，比原作还要出名，叶绍翁的杏花诗就是如此。他的"一枝红杏出墙来"几乎照搬唐代吴融的"一枝红艳出墙头"，末字有改动，只是为了押韵。

写杏花的名句还有陆游的"小楼一夜听春雨，深巷明朝卖杏花"，写的是临安春天的景色。春雨如酥，催开了杏花，有老婆婆剪下来在巷子里叫卖。深闺中的妇女听见了，开了门买来几枝，插在瓶中，幻想自己徜徉在春日田野里。

只是在我的印象里，江南杏花并不多。比如上海，偶尔能在公园绿地里看到几株杏树。要想看到几百株杏花盛开时喷火蒸霞

杏花

宋 赵昌

一般的景色，竟找不出一处来。

　　杏子又叫甜梅，盖梅子只酸不甜，而杏子香甜。杏和梅的亲缘关系极近，可以反复杂交，得到优良的花杏和果杏品种。这样一来，梅和杏就很难分清了。杏与梅的天然杂交种叫杏梅，花期较晚，梅花都谢了才开。杏梅的颜色是深粉色，花也比梅花大，更接近杏而不是梅。

　　梅核有皱，杏核光滑。如今我们吃的蜜饯，凡是名叫某某梅的，如"相思梅""情人梅""话梅"等，都是用杏子或李子做的。如果不信，可以把果肉吃了，看一看果核是不是光滑无皱。

　　我小时候，常玩一种游戏，叫"抓杏核"。杏核洗净，晒干，一面用颜料染上色，一面保留本色。抓一把在手中，轻掷在桌上，用拇指把同色的杏核拢作一堆，一手抓起，直至抓尽。如今的小朋友会说，这有什么好玩的？但我们那时候乐此不疲，三五个小朋友，可以玩上一下午。

　　宋人庞元英《文昌杂录》一书中记载过一则逸闻：某人堂前有一棵大杏树，花多而不结实。有个媒婆做惯了媒，操起心来，说要把这树给嫁出去。深冬时节，她忽然携酒而来，说是男方送的撞门酒；又要了一条姑娘家的裙子系于树上，奠酒辞祝。来春，此树果然结子无数。

　　这个方法，李渔在《闲情偶寄》里也曾提到过，并说自己起初不信，试之果然，因此给杏树取名为"风流树"。看来"实践出真知"这个道理，在古人那里，有时也未必然呢。

梨花溶

上海植物园的蔷薇园前有一排梨花树,豆梨、杜梨、白梨……众梨树丛植,树高十余米。清明时节,花开如雪,华光如月。对此美景,不觉沉醉,无数梨花诗一齐涌来胸中:"梨花院落溶溶月,柳絮池塘淡淡风""玉容寂寞泪阑干,梨花一枝春带雨""寂寞空庭春欲晚,梨花满地不开门""满宫明月梨花白,故人万里关山隔"……

在这些诗句里,梨花总是带着一丝哀愁。"梨花一枝春带雨"一句,伴随着唐明皇和杨贵妃的爱情故事流传最广。念着这句诗,书页上仿佛出现一位美人,含情凝眸,欲语还休,脸上是无尽的愁容,眼中是无限的哀婉,那样泪眼迷蒙地看着你,诉说别后的相思。梨花的雪白花瓣就是她玉一样的面庞,薄薄春雨洒在上面,啼痕宛在。

梨花总是寂寞的,开时一树雪白,花落时,"空余满地梨花雪"。那么多的梨花,**重重叠叠**,却不显热闹,梨树总是"轻轻笼月倚墙东"。它的白色花瓣,和月色那么接近,纵使花如雪翻,也是淡如梅妆,令赏花者不禁叹息道:"寒食心情愁几许"。

原来这愁,是和时令纠缠在一起的:"年年寒食,梨花时节。"寒食清明,配上白月光一般洁白的梨花和缠缠绵绵、停停歇歇、

薄纱似的春雨，组合成美学上的至高境界。

李渔曾说："雪为天上之雪，此是人间之雪；雪之所少者香，此能兼擅其美。"按常理，梨花总是白色的，所以才如月色一样清冽，但古诗中也有红梨花。欧阳修就写过《千叶红梨花》诗，诗的头两联是："红梨千叶爱者谁，白发郎官心好奇。徘徊绕树不忍折，一日千匝看无时。"他看到的梨花不但是红色的，还是重瓣的，引得他好奇心起，一天要绕树千匝。所谓"千叶"，即指重瓣。

这红梨花究竟是什么花，我至今不知道。但是古代好像挺常见，司马光也见过，《和道矩红梨花》曰："繁枝细叶互低昂，香敌酴醾艳海棠。"他说红梨花比酴醾（即荼蘼）还香，比海棠还艳，让我们这些只闻其名的后人们向往不已。

梨树原产中国，很早就被引种栽培，变成食用的佳果，各地品种无数。《西京杂记》上载，上林苑有紫梨、芳梨、青梨、大谷梨、细叶梨、紫条梨、瀚海梨等。可见在遥远的汉朝，就已经有了这么多的品种梨。

《诗经·召南·甘棠》一篇，算是最早的梨花诗吧。

蔽芾甘棠，勿翦勿伐，召伯所茇。

朱熹说："甘棠，杜梨也。"《本草纲目》上说："或云涩者杜，甘者棠。杜者涩也，棠者糖也。"甘棠就是甜梨。这首诗的写作背景记载于《史记·燕召公世家》中。原来，召公曾经在甘棠树下办公，他死后，大家出于怀念，连这棵树都不忍心毁坏，并作《甘棠》之诗。

李能白

"桃李不言，下自成蹊。"相对于桃花的妖冶艳丽，李花就朴素多了。桃花论色，除了有白色外，还有粉红、大红、绛红等深深浅浅的红色系列；论形，有单瓣、千叶之变；论异，还有跳枝、鸳枝、洒金之别。而李花就是个单纯的孩子，单纯到单一，花除了白色，几乎没有别的颜色，花瓣也只有单瓣。

李花的这种单一在有的人看来是单调，但在有的人看来就是有性格。李渔就十分欣赏李花。

李渔姓李，于是李树便成了他家的花，他在书中写道：

> 李是吾家果，花亦吾家花……自有此花以来，未闻稍易其色，始终一操，涅而不缁，是诚吾家物也。（清·李渔《闲情偶寄》）

李花为文人赞赏，倒不是从他而始，早在唐朝初年就有两位名士评定过。一位是萧瑀，乃南朝梁明帝的第七子；一位是陈叔达，是陈宣帝的第十七子。这两人都是前朝的皇子王孙，入唐出仕，同朝为官，品位不俗。一次两人在龙昌寺赏李花，说"李有九标"，为香、雅、细、淡、洁、密、宜月夜、宜绿鬓、宜白酒。身为一

棵李树,自觉不自觉都要做到香、雅、细、淡、洁、密。而赏花之人,要选月白风清的夜晚;要青春正好的年龄,白发老头子就算了;要饮白酒。赏李花,品白酒,沐清辉,这才是生活呀。

一树李花要好看,就得细密而繁、雅洁而白、清淡香幽,白天看来是堆雪,晚上看来如月华。

后来,韩愈在江陵城当法曹参军,张署当功曹参军,两人是好友。有一天,韩愈在城西看到一树李花开得十分明艳,张署因为生病没有同来,韩愈很替他可惜,写了《李花赠张十一署》赞美眼前花树。

他说"风揉雨练"之下,李花白得雪见了都要羞惭,白得像波涛翻卷,白得像黑夜里点了明烛,白得鸡见了以为天亮了拼命打鸣……

近现代 容祖椿

迷魂乱眼看不得，照耀万树繁如堆。念昔少年著游燕，对花岂省曾辞杯。自从流落忧感集，欲去未到先思回。

唉，少年才是赏花时，四十光阴叹白头。"力携一尊独就醉，不忍虚掷委黄埃。"赏花就得喝酒，眼前这树李花、香、雅、细、淡、洁、密都有了，没有绿鬓，白发也凑合。

我见过最美的李花，是在四川盐源的一处荒村里。碧蓝的天空里，没有一丝云，没有一点雾霾，蓝得发黑。乡村老屋前有一株高大的李树，开满雪白的花。枝条笔直向上，缀着满条如雪的白花，衬着幽深湛蓝的天空，越发亮得耀眼。对此白花，我不由想起元稹的一句诗来："苇绡开万朵。"苇白而绡轻，李花真如是。

季春之月　三月

蔷薇蔓，木笔书空，棣萼韡韡，杨入大水为萍，海棠睡，绣球落。
——明·程羽文《花月令》

颜色
柳芳绿

蔷薇蔓

蔷薇有花神。当然，很多名花都有一位美女或名士做花神。有的花神比较美丽，比如梅花花神是寿阳公主，她在正月初七人日这天昼寝于含章殿下，有梅花落在她的额上，拂之不去，命名为梅花妆。她因此成了梅花花神。有的花神来得比较有趣，比如蜡梅，花神是两位男士：苏东坡和黄庭坚。他们两个在书信里一来一回，说着说着，就把原来深山老林里的黄梅变成蜡梅了，于是两位大文学家兼职做了花神。有的花神来得比较虚幻，比如水仙花花神，原是洛水之神；只因水仙花须得水养方茂，被称为凌波仙子，形象和洛神相符，于是洛神又遥领了水仙花花神一职。

蔷薇花神的来历与上面几位不同，乃是花钱买来的。

武帝与丽娟看花，蔷薇始开，态若含笑。帝曰："此花绝胜佳人笑也。"丽娟戏曰："笑可买乎？"帝曰："可。"丽娟遂取黄金百斤，作买笑钱奉帝，为一日之欢。（《广群芳谱》引《贾氏说林》）

蔷薇花又名"买笑"，便是从这里来的。

话说丽娟拿出百斤黄金为买笑钱，买的肯定不是蔷薇花的笑，

《缂丝乾隆御制诗花卉册》

而是武帝的笑。他的笑容，大臣、妃子都恨不得能用钱买到，不过，也就丽娟这小妮子敢当面说而已。

汉武帝喜欢过的女子不少，丽娟是最娇憨的一个。东汉郭宪《洞冥记》中记载有武帝和丽娟的闺房乐事："帝所幸宫人名丽娟，年十四，玉肤柔软，吹气胜兰。不欲衣缨拂之，恐体痕也。每歌，李延年和之，于芝生殿唱回风之曲，庭中花皆翻落。"这个场景很美，于是后世诗人少不得写进诗里，宋祁《落花》诗曾用这个典故："将飞更作回风舞，已落犹成半面妆。"用汉武帝丽娟的"回风舞"对唐太宗徐妃的"半面妆"，再合适不过了。

曾有人问蔷薇和藤本月季的区别，我回答说蔷薇有原种，月季是栽培品种。后来想想，这个答案太抽象了，不够直观。于是，我会再加一句："蔷薇是一季花，四月底五月初是它的盛花期。而月季是多次开花的植物，古称月月红；就算有的品种不能月月都开，至少在气温合适的时候，九月、十月也会再次开花。"

牡丹是清明花，芍药是谷雨花，蔷薇是立夏时节的花。在《花月令》里，程羽文把蔷薇排在李花之后、木笔之前，显然与真实物候有很大的差异。上海地区，李花四月开，木笔三月开，时间上差得很远。蔷薇开花的时候，晚花的芍药还未凋谢，因此秦观《春日》诗曰：

一夕轻雷落万丝，霁光浮瓦碧参差。有情芍药含春泪，无力蔷薇卧晓枝。

蔷薇类植物品种繁多，像木香、月季、玫瑰、黄刺玫、山刺玫、缫丝花、金樱子等，名字里没有蔷薇二字，却都是蔷薇类的。

而像硕苞蔷薇、野蔷薇等，更是当之无愧的蔷薇。

　　蔷薇花颜色很多，即使是野蔷薇，也有白色、粉白、粉色和艳粉色几种。有一次，我在上海辰山植物园见到一株，颜色红如胭脂，要不是挂了牌，都不敢认作野蔷薇。还有一次，我在浙江山里见到一丛粉团蔷薇，正是清晨，太阳才出，花瓣上露珠未消，那真是娇艳粉嫩若少女之面颊，想十四岁的丽娟当美丽如斯。

木笔书空

木笔是紫玉兰的别名。紫玉兰花未开时，花苞发于枝头，上尖下圆，寸许长，形若笔尖，更兼萼片上密被淡黄色茸毛，因此被称为木笔。待花苞稍大，花萼裂开，深紫色的花瓣从毛茸茸的萼片上挺出。这个时候的紫玉兰，像饱蘸了浓墨的笔，就等着书写春色了。

唐代卢肇有《木笔花》诗，描写"这支毛笔"蘸了粉彩颜料，甚是可爱："软如新竹管初齐，粉腻红轻样可携。谁与诗人偎槛看，好于笺墨并分题。"五代末的欧阳炯写《辛夷》诗，用的也是木笔之意："含锋新吐嫩红芽，势欲书空映早霞。""木笔书空"四字，便出自欧阳炯的这首诗。

木笔是别称，紫玉兰是现名，古名是辛夷。王维的《辋川集》里有一首著名的辛夷诗：

木末芙蓉花，山中发红萼。涧户寂无人，纷纷开且落。（《辛夷坞》）

这诗名为《辛夷坞》，写的是秦岭南麓辋川山谷中一处长满紫玉兰的山坳。那个地方镇日无人经过，花开花落，也无人过问。

紫玉兰

明 沈周

寂静的山涧里,只有溪水潺潺流过。都说王维诗中有画,这首诗便是一幅极佳的风景画。画是静止的,而诗里有动态,读这首诗,仿佛能看到紫红色的花瓣一片一片掉落,落在山涧里,随着涧水流到山外。

辛夷一名,出自《楚辞》。屈原《湘夫人》写湘君的房屋用芳香的桂树和华美的辛夷构建:"桂栋兮兰橑,辛夷楣兮药房。"《山鬼》写山鬼出行,车子是用辛夷做的,上立桂木做的旗杆:"乘赤豹兮从文狸,辛夷车兮结桂旗。"辛夷树形高大,木质坚硬,可为门楣,可做车辕。而《涉江》写秋风肃杀,百花凋零,"露申辛夷,死林薄兮"。在这首诗里,辛夷成了生长在楚国山林里的隐逸之花,而王维的《辛夷坞》正写出了它的隐逸之姿,恰是最好的解读。

古时候的"辛夷"应该包括武当木兰、紫玉兰、望春玉兰等在内的多种开紫红色花的玉兰，甚至开白花的白玉兰也被叫作辛夷。如白居易《代春赠》就写道："山吐晴岚水放光，辛夷花白柳梢黄。""花白"，这很明显是白玉兰。同时，白居易也写过紫色的辛夷，诗名中就点明了，《题灵隐寺红辛夷花戏酬光上人》："紫粉笔含尖火焰，红胭脂染小莲花。"可知在唐朝，紫色的辛夷与白色的玉兰，都叫辛夷，也可通称为木笔。

在现代植物学中，"辛夷"专指紫玉兰，白色的是玉兰，其他望春玉兰、宝华玉兰、天目木兰等各有其名。但药典中"辛夷"又有所不同，它指的是干燥的花蕾，正品来自望春玉兰，武当木兰和紫玉兰的花蕾可以做替代品。

在传统药学里，辛夷主治鼻炎。春天的时候易得花粉症，鼻塞不通，就可以把辛夷、白芷、苍术等药材磨成粉，装在香囊里，随身佩带，嗅其香气，醒神开窍。这种办法比较讨巧，药材磨粉，药铺便可代劳，再缝个香囊或荷包即成。如今有很多年轻女孩喜爱汉服，若是在腰间佩带装有辛夷的香囊，当能增加不少雅趣。

除了佩香囊，还可以玩香道，取蕊合香。取新鲜辛夷花蕊碾细，再加其他花瓣共研为末，调以苏合油，制成香膏，再制成盘香或线香，晒干便可。和辛夷药材一样，辛夷香也有醒神开窍的功效。闺房之中，书窗之下，明月之夜，清风之夕，点上一支，风雅无边。

这是玩得比较精细的，药店里售卖的辛夷还有另一个用处，就是做成一种玩具，叫"毛猴"，也叫"知了猴"。毛猴的身体部分用辛夷，头和四肢用蝉蜕。把一只蝉蜕的腿儿先摘下来，头粘在辛夷上，再把摘下的腿粘上，做成猴儿的四肢。就这么简单几步，一只像模像样的知了做的猴就做成了。

辛夷这个名字天然带有上古隐士的清高品格，与玉兰附带的富贵气象大不相同。清以后，玉兰常种于庭院之中，与海棠并植，配以牡丹，称"玉堂富贵"。而辛夷仍隐于山谷，"书空咄咄"，寂寞开落。与王维的《辛夷坞》相似，深山寂涧之中，辛夷开遍，无人知道，偶有花瓣随流水传出花讯，人们才知道有辛夷花林灿若云霞。如四川北川的药王谷，初春时辛夷花开满山路，树高十仞，枝缀万花，盛况空前。如斯美景，近十年才为世人所知。

那是真正的辛夷坞。

棣萼韡韡

"棣萼韡韡"这四个字出自《诗经·小雅·常棣》：

> 常棣之华，鄂不韡韡。凡今之人，莫如兄弟。

常棣，又作棠棣。郭沫若曾写过一出话剧《棠棣之花》，讲刺客聂政刺韩相侠累的故事。聂政受人之托去刺杀侠累，先是推辞，说有老母在堂需要奉养；等母亲亡故后，他践诺杀人，之后怕牵连聂姊，又自毁容貌。这两个举动，一尽孝，二忠事，三友悌，有勇有谋，有情有义，不愧是侠客。而他的姊姊，为了不灭兄弟之英名，甘冒死罪，说出弟弟的名字。姐弟同侠，这才是最难得的。"纵死侠骨香，不惭世上英。"郭沫若用"棠棣之花"来为这个故事命名，乃是取《常棣》一诗的主题："凡今之人，莫如兄弟。"

古之常棣，即今之郁李。郁李花贴枝而生，开时一枝长条从上至下全是花，上承下覆，繁缛可观，似有亲爱之意，故以喻兄弟。传说《常棣》这首诗是周公作的，《毛传》注释说："常棣，（周公）燕兄弟也。"燕，通宴，也就是说，周公在宴请兄弟的时候作了这首诗。从此以后，后人便用常棣（或棠棣）来作兄弟情谊的象征。

郁李，蔷薇科樱属灌木。果实像樱桃，颜色鲜红，味道酸甜。

郁李

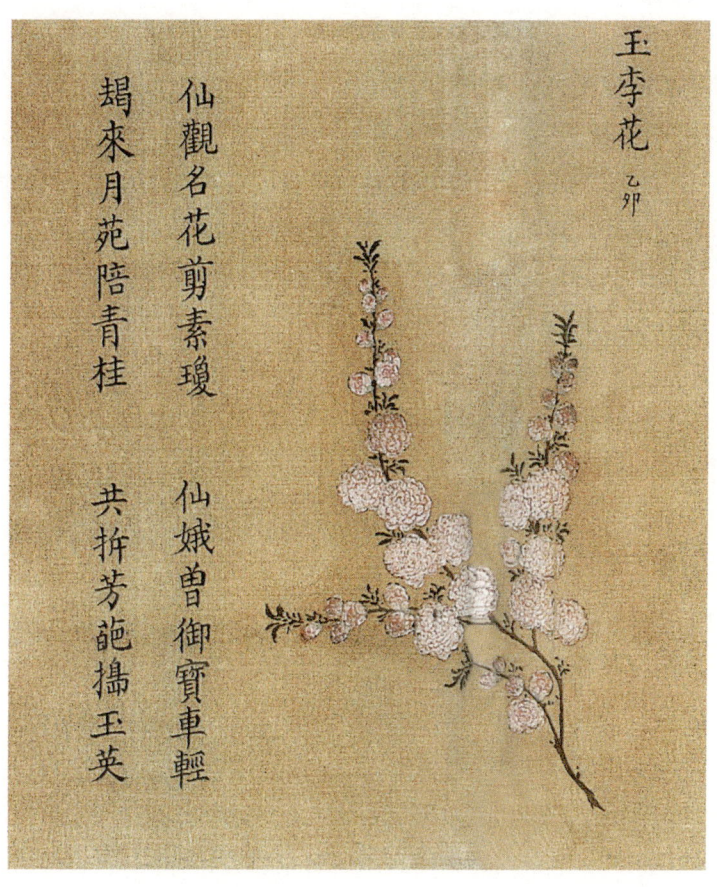

玉李花 乙卯

仙觀名花剪素瓊　仙娥曾御寶車輕
朅來月苑陪青桂　共折芳葩擣玉英

宋　杨婕妤

果仁叫郁李仁，可入药。郁李的花不大，直径两厘米左右，花瓣粉红色或近白色，两三朵为一簇，贴干而生，如同胞兄弟，出自一家，同气连枝，上承下覆，可援可引，相亲相爱。如此碎花柔枝，细究起来，原来竟有如此大的来头——周公为其颂歌，郭沫若益彰其兄友弟恭之情义，游侠刺客化为其灵魂。

李商隐诗《寄罗劭兴》的首两句是："棠棣黄花发，忘忧碧叶齐。"郁李花瓣粉红色或近白色，不会如诗中说的那样"黄花发"。开黄花的，只能是棣棠。陈淏子《花镜》是这样描述棣棠的：

> 棣棠花藤本丛生，叶如荼蘼，多尖而小，边如锯齿。三月开花金黄色，圆若小球，一叶一蕊，但繁而不香。

棣棠的花，从花瓣到花蕊到花药都是黄色的。李商隐这样写，要么搞混了，要么就是为了叶韵，把两个字颠倒了一下，以致后世人误会棠棣花是黄色的。

传说著名的琴曲《广陵散》便是聂政所作，原名《聂政刺韩王曲》，见蔡邕《琴操》。

嵇康以善弹《广陵散》著称，临刑时仍从容不迫，索琴弹奏此曲，并慨然长叹："《广陵散》于今绝矣。"蔡邕对《广陵散》的传承知道得这么清楚，那他手里也许有琴谱。所以金庸写《笑傲江湖》，让曲洋去掘东汉人的坟，在蔡邕的墓里找到《广陵散》，又将曲子改编进《笑傲江湖之曲》里。那么，《笑傲江湖之曲》也可以叫《棠棣之歌》了。而曲洋和刘正风的友情，也正蕴含着不惧生死、藐视世俗和权力的侠义之风。

杨入大水为萍

"杨入大水为萍"说的不是杨树,也不是浮萍,而是柳絮。

农历三月中旬,柳树开花,柳条吐绵,白花如绒,随风飞舞,如霰似雪。柳树俗呼为杨柳,传说"杨"字是隋炀帝赐的。炀帝令人在运河两岸遍植柳树,又取十五六岁的民间女子彩衣拉纤,杨柳遮阴,以蔽炎阳。因杨树功大,赐姓杨。

此事最早见于唐传奇《开河记》,后来又出现在明清小说里,明朝的《醒世恒言》和清朝的《隋唐演义》都用过这个故事。但杨柳合称,最早可以溯至《诗经·小雅·采薇》:"昔我往矣,杨柳依依;今我来思,雨雪霏霏。"从先秦时期起,杨与柳便紧密结合在了一起。《诗经》中这首《采薇》,可以说是最美的杨柳诗,"昔我往矣,杨柳依依"八个字,写尽离愁别绪。战争结束,士兵缓缓南归,顶着霏霏的雪花,想着离开家乡的时候,杨柳依依,像牵人衣裳。杨柳从进入诗歌的那一天起,就被植入忧伤的符号。那下垂的枝条、被风吹起时飘摇点水的姿态、飞扬的绵絮,无一不被打上哀愁的烙印。而柳絮飞时正值残春,杨柳又承载了伤春情绪和流年易逝之叹。无论是"枝上柳绵吹又老",还是"今年春尽,杨花似雪,犹不见还家",都是这种心理暗示的文字描述。李白有诗曰:"此夜曲中闻折柳,何人不起故园情。"在外的游

子听到夜间有人吹笛，吹的是《折柳》的曲子，便会想起远方的故乡来。这样的乡愁从何而来？源头便是"昔我往矣，杨柳依依"。

因柳树长在水边，柳枝又软又长，似乎可以将船系住，杨柳又有了惜别的含义；更兼"柳""留"谐音，赠柳就有了挽留之意。汉唐时，长安人送客至灞桥，常折柳赠别，这一场景在唐诗中频繁出现。刘禹锡《杨柳枝词》说："长安陌上无穷树，唯有垂杨管别离。"绿杨影里，鹧鸪声声，似在说：行不得也哥哥。

"杨入大水为萍"是由来已久的传说。古人相信某些动物或植物能相互转化：粪虫变蝉，腐草化萤，雀入水而化蛤，雉入海而化蜃，田鼠化为䴥，鳞化为龙，虫化为蝶。除了末一个，都是没有根据的，但他们真的相信。比如聪明绝顶的苏轼，就确信杨花落水会变成浮萍。他在咏柳絮的名篇《水龙吟》里写道："晓来雨过，遗踪何在？一池萍碎。"自注说："旧说杨花入水为浮萍，验之信然。"言之凿凿，煞有介事。

中国文人真没多少科学精神，柳絮化萍一说，就没有人质疑过。苏轼这样说，李渔也这样说。《闲情偶寄》里说："杨入水为萍，是花中第一怪事。花已谢而辞树，其命绝矣，乃又变为一物，其生方始，殆一物而两现其身者乎？人以杨花喻命薄之人，不知其命之厚也，较天下万物为独甚。吾安能身作杨花，而居水陆二地之胜乎？"他不去想柳絮如何入水为萍，而是想做个两栖人，也是有趣。

海棠睡

写海棠用一"睡"字,最有名的是苏东坡的《海棠》诗:

> 东风袅袅泛崇光,香雾空蒙月转廊。只恐夜深花睡去,故烧高烛照红妆。

古人爱把海棠和杨妃联系在一起,海棠春睡图的主角,多半是杨妃。宋代陈孔硕《海棠》诗云:"几树繁红一径深,春风裁剪锦成屏。花前莫作渊材恨,且看杨妃睡未醒。"刘克庄也有海棠诗,还是在拿杨妃说事儿:"海棠妙处有谁知,全在胭脂乍染时。试问玉环堪比否,玉环犹自觉离披。"他说海棠花最妙的是在花刚开时,犹如初匀脂粉,连美艳的杨妃也要略逊一筹。不过我总觉得,杨妃之丰腴,和海棠之袅娜还是有一些差别的。

朱淑真有海棠诗说:"胭脂为脸玉为肌,未赴春风二月期。曾比温泉妃子睡,不吟西蜀杜陵诗。"末一句是说杜甫在草堂,写了很多的咏花诗,独独不咏海棠。宋人对此事耿耿于怀,有人甚至开始八卦,说估计杜甫的母亲闺名海棠,他老先生为了避讳,所以不以海棠入诗。

古人认为海棠有四品:西府、垂丝、贴梗、木瓜。明代王象晋《群

西府海棠

宋 佚名

垂丝海棠

芳谱》云:"海棠有四种,皆木本。贴梗海棠,丛生,花如胭脂;垂丝海棠,树生,柔枝长蒂,花色浅红;又有枝梗略坚、花色稍红者,名西府海棠;有生子如木瓜可食者,名木瓜海棠。"

这一段文字中,对四种海棠的描述都是准确的。但按照现代植物分类学,贴梗海棠和木瓜海棠是蔷薇科木瓜属植物,西府海棠和垂丝海棠为蔷薇科苹果属植物。古人之所以会把这四种都叫作海棠,是因为它们花期相近,花形相似。它们最大的区别是,贴梗海棠和木瓜海棠都结小木瓜,而西府海棠和垂丝海棠结的果子形如樱桃。贴梗海棠又叫贴梗木瓜,中文正式名是皱皮木瓜;木瓜海棠的正式名则叫毛叶木瓜,它就是《诗经》里的木桃;还有一种日本木瓜,俗称倭海棠,植株矮小。它们都是木瓜类植物,但习惯上,各地都把它们叫作海棠花。

西府海棠是著名的春季花树,各地园林广泛栽种。平常一说起海棠,一般是指西府海棠。西府海棠花苞艳红,盛开后如水彩晕染的一样,红里带粉,粉中透白,娇俏动人,又有花柄在风中轻颤,因此像是唐伯虎仕女画里的美人,削肩瘦腰,袅娜风流。

垂丝海棠与西府海棠相比,树冠更舒展。西府海棠的树姿是直立向上的,垂丝海棠的枝条弯曲,这是二者比较明显的区别。垂丝海棠花如其名,花大而多,花梗又细弱,花朵朵朵向下,有如被丝线系挂。垂丝海棠开时一片鲜红,新叶背面的叶缘也呈红色,秾冶妩媚,纤细婀娜,因此还有一个名字叫"女儿棠"。花儿当得起"女儿"两字的,非十分娇美不可。

旧时文人每恨海棠无香,但也有人说,昌州海棠独香。古昌州辖永川、大足、昌元、静南四县。《舆地纪胜·静南志》云:"昌居万山间,地独宜海棠,邦人以其有香,颇敬重之,号海棠香国。"

昌州万山重壑，出产一种白色海棠，香气十分清雅。这种白海棠现名湖北海棠，产黄河以南大多数省区，是诸多海棠里有香气的一种。湖北海棠株形高大，花香静幽；花小而瓣圆，初开时边缘略有晕红，开久后转为全白。

北京的四合院里通常会种一株西府海棠、一株白玉兰、一株金桂，合起来就是"金玉满堂"。《红楼梦》里宝玉住的"怡红院"，庭前则是一株海棠和一株芭蕉。海棠红，芭蕉绿；怡红，快绿。春赏海棠夸睡足，夏眠芭蕉午梦长，春夏俱佳。

绣球落

绣球被放在农历三月的花卉中，位居牡丹、芍药之前，是春花无疑。那么，这句写的就应该是木绣球（绣球荚蒾），而非草绣球（八仙花）。

宋朝人最喜木绣球，因其一蒂众花，攒聚如抟，圆白如球，呼为"玉绣球"。皇宫中，钟美堂后面种了数百株，花开时雪白一片，琢玉雕牙一般。堂前又种牡丹，收罗各地名品，姹紫嫣红，堆锦叠绣。至花开日，皇帝以花遍赏各殿妃嫔，还随花"附赠"御书画扇、龙涎、金盒等等。此时就连宫中的伶官，也都能获得赏赐。欢喜从天降，上下俱沾恩。这跟着绣球牡丹花季而来的盛况，上下呼为"随花宴"。

种绣球必衬牡丹、种牡丹必环绣球的欣赏习惯，从宋朝延续到了后世。到清朝时的扬州，园林庭院还是如此。乾隆年间的扬州人李斗著《扬州画舫录》，记录了当时扬州的园林布局和所植花木，书中记载了一处名胜叫洛春堂，上植绣球，下栽牡丹。洛春堂这个名字，用的是"洛阳牡丹甲天下"的古语。书中说："郡城多绣球花，恒以此配牡丹，绣球之下，必有牡丹；牡丹之上，必有绣球。相沿成俗，遍地皆然。"国人日常生活中的情趣和审美，很多都是从宋人那里继承来的，一千多年过去，仍然没有变。以牡丹之五色缤纷、华美灿烂，映绣球之雅致洁白；拥牡丹之国

绣球荚蒾

清 恽寿平

色天香，揽绣球之清芬秀气。且绣球树高，牡丹丛生，两者高矮参差，远近互援，点缀华堂雕楼。对此美景，可倚可坐，可饮可宴，赏之不尽，观之不倦。

　　吾生也晚，扬州彼时园林之盛况不曾得见。好在两百年后，扬州还剩有几处园林。何园的玉绣楼下，便有一棵木绣球，高与楼齐，树大花多。盛花时节，树上开满了硕大雪白的绣球花，不下百朵，压得枝条不停随风颤动，宛若雪球满树，让人一时感触顿生、百般惆怅。我灵感忽至，回家后便写了小说《离魂》。在一个旧时深宅大园里，铺陈出了两个爱情故事。故事开始，吴家的后院里，吴菊人为迎娶乔之琬，特地在窗前种了一棵绣球。

　　而种牡丹必衬绣球之法，也在我的另一个故事《锦灰堆》里出现过："西园花深如海，像是进了画境之中，人则分花拂柳，枝则钩鞋牵带；笑靥花喷雪如泻，樱桃花堆云似锦，绣球粉团花大如球累累缀枝，八仙琼花如蝴蝶戏珠片片欲飞。一片雪花样白色春花中，忽见一座高楼，上书'天香庭院'四字，楼下几百株牡丹如锦如绣，五彩绚丽。"

　　我虽不能在真实生活中造园筑楼，讲究一下种牡丹必种绣球之法，但在纸上画几幢空中楼阁，何难之有？

　　绣球花就像一个球，初开时是豆绿色，慢慢地越长越大，花越开越白，盛开时成了个雕琢精美的玲珑白玉球；花球经雨而重，累累下垂，初时缀于枝条之上，风一吹尚在颤动，到后来压弯了树枝，无风也动，从树杪坠到树中央，轻则碰人头，重则垂至人胸前，甚或腰间。暮春四月，绣球开花至盛，若有一林，遍植绣球，缓步其间，则满眼绿花白球，花团锦簇。

　　李渔曾盛赞绣球，夸它是造化的杰作：

天工之巧，至开绣球一花而止矣。他种之巧，纯用天工，此则诈施人力，似肖尘世所为而为者……天工于此，似非无意，盖曰："汝所能者，我亦能之；我所能者，汝实不能为也。"

他说绣球太像球了，仿佛是造化为了证明自己无所不能，刻意仿制而成的花儿。他还异想天开地说，如果树上再生出一两个踢球之人来，"则天工之斗巧者全矣"。

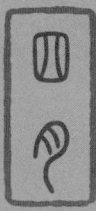

孟夏之月　四月

牡丹王，芍药相于阶，罂粟满，木香上升，杜鹃归，荼蘼香梦。

——明·程羽文《花月令》

牡丹王

唐宋时，洛阳牡丹为天下第一，故牡丹又名洛阳花。牡丹花朵大而艳，冠绝群芳，旧有"花王"之名。

牡丹称王是唐以后的事情。最早被从山里引种出来时，人们看它和芍药类似，就叫它木芍药。其花叶如芍药，枝茎则为木质，天寒叶凋而株干犹存，与芍药过秋地上部分即萎不同，因有此名。牡丹为毛茛科芍药属落叶灌木，芍药则是芍药属多年生宿根草本植物。在古代，牡丹又有鼠姑、鹿韭等名，听上去就不甚受重视，跟乡下小儿取贱名似的。

牡丹一名，出现甚早。南北朝时期，曾任永嘉太守的谢灵运说："永嘉水间竹际多牡丹。"牡丹喜旱向阳，不生长在林下水边，温州也不是牡丹的原产地。谢灵运说的牡丹，应是白术。《广雅》中说："白术，牡丹也。"这里的术念 zhú。"牡丹"最早是指菊科的苍术、白术，后来不知怎么，被借用给了木芍药。这一借就刘备借荆州，有借无还。至迟在中唐以后，木芍药就叫牡丹了，刘禹锡有《赏牡丹》诗："庭前芍药妖无格，池上芙蕖净少情。唯有牡丹真国色，花开时节动京城。"从那时起，就一直借用至今。

牡丹在宋代已有很多品种，欧阳修撰《洛阳牡丹记》，已经收录了九十余种；稍后陆游的《天彭牡丹谱》记载说，天彭牡丹

花大概有近百种。到了明代，王象晋《群芳谱》中记载的已经达到一百八十余种，著名的有御衣黄、文公红、姚黄、状元红、娇容三变等。

牡丹花色繁多，有红、紫、粉、白、黄、黑、蓝、绿和复色，五彩缤纷，色谱难尽；红有深浅，粉有浓淡，紫有轻重，白有纯杂，黄有明暗，黑为深紫，蓝是雪青，何况还有复色品种，幻化出无边春色，真正可用姹紫嫣红这个词来形容。这其中以黄、紫为贵，最有名的就是传说中的"姚黄"和"魏紫"。欧阳修《洛阳牡丹记》记载："姚黄者，千叶黄花，出于民姚氏家。此花之出，于今未十年。"也许在此之前，牡丹未有黄色品种，此花一出，惊动世人。

"姚黄"流传至今，人间尚能见其姿容：其形如皇冠，其色如金箔，其花复多蕊，花丝如纯金，十分端丽雍容。

"姚黄"尚在，"魏紫"不存。它的来历欧阳修在《洛阳牡丹记》中记载得很清楚：

> 魏家花者，千叶肉红花，出于魏相仁溥家。始樵者于寿安山中见之，斫以卖魏氏……钱思公尝曰："人谓牡丹花王，今姚黄真可为王，而魏花乃后也。"

这花最初是砍柴人从寿安山中得来，也就是说是变种而非栽培种，花色为肉红色。而今挂牌"魏紫"的牡丹颜色皆为深紫，显然不是这传说中的花后了。

中国牡丹于唐时传入日本。1656年，又传至欧洲。美国于1820到1830年从中国引进品种牡丹和野生种，培育出一种黑色品种"黑海盗"，为黑牡丹中的珍品。法国培育的"金阁"有柠檬香味，异国情调十足。日本、法国、美国和中国是全世界四个主要的栽培牡丹的国家。日本人甚爱牡丹，除有专门牡丹园如东京阿部牡丹园、须贺川牡丹园，还在奈良的长谷寺、石光寺等古寺里种植牡丹。尤为难得的是，他们培育出了能在冬季开花的"寒牡丹"，惊动了世界园艺界。日本有名品牡丹曰"八千代椿"，花淡粉色，花蕊金黄，温婉可爱。我初见此名，心中一动，想起古书上说的牡丹嫁接于椿树上的故事，暗想这日本园艺师好博学，居然知道这个典故，取了这样好的名字。再一细想，日文中之"椿"为山茶花，非椿树，是我自作多情，会错了意。

俗云"谷雨三朝看牡丹"，那是在长安、洛阳，江南则把牡丹称为清明花。清明节后，牡丹盛开，霞云粉彩，国色天香，真王者也。

芍药相于阶

芍药又名余容、婪尾春,指它开在春尾。芍药在牡丹之后绽放,阶前开时,春色将阑。因此宋代邵雍有诗云:"多谢化工怜寂寞,尚留芍药殿春风。"

芍药开在牡丹后,牡丹为王,芍药为相。这个"相",是丞相、宰相。宋人王质有《蓦山溪》咏茶词,上阕说茶树嫩芽新出,在梅花之后、杏花之前,占了色味香三绝;下阕写道:"休说休说,世只两名花,芍药相,牡丹王,未尽人间舌。"虽然是在为茶树鸣不平,但也可见这两种花确实是世之名花。

芍药与牡丹非常接近,同为毛茛科芍药属。芍药为多年生草本,春天发芽,红茎丛生,每茎三枝五叶,叶与牡丹很像。常有人不辨牡丹与芍药,其实很好分的。牡丹初被人发现,从山中移到庭园时,得名木芍药。芍药是草本,牡丹是小木本,有木质化的主干。

古代的芍药名品有近百种,其中最有名的便是"金带围",或称"金缠腰"。与它相关的有著名的"四相簪花"的典故。北宋庆历中,韩琦任扬州太守。一日,后花园中有芍药开花,一干分四枝,每枝各开一朵花。韩琦请了王珪、王安石、陈升之三人一起赏花,以应四花之瑞。席间剪下花来,四人各簪一枝。后来,此四人均官至宰相。此事每见于宋人笔记,传播较广的是沈括的《梦

芍药

清 郎世宁

溪笔谈》版，书中写"金缠腰"是："上下红，中间黄蕊间之。"芍药以扬州名最盛，自宋初即闻名于天下，与洛阳牡丹俱贵于时。蔡京守扬州时，曾作万花会，用花十余万株，传为习俗，后来被苏轼废止。苏轼说："既残诸园，又吏因缘为奸，民大病之。余始至，问民疾苦，以此为首，遂罢之。"

但扬州芍药之名，传至今日，一句"念桥边红药，年年知为谁生"，已经风流无限。

芍药古名将离，传说亲友将要离别时，便手折一枝，持之相赠，像是唐诗里常见的折柳赠别。唐时官员离京，东出长安至灞桥，桥边多柳树，因折柳枝，盼望对方能如柳枝一般，来年春归，树返绿，人回来；另，"柳""留"谐音，赠柳意为挽留。柳枝垂拂，千条万缕，所以，"年年柳色，灞陵伤别"，那么多出京的官员，都不曾把灞桥两边的柳枝折光。而芍药四月开花，花期短暂，哪来那么多花朵可供攀折？难道五里一短亭，十里一长亭，长亭更短亭，亭边都有芍药生？

花有花语，草有草意，花是不能乱送的。在古代文人默认的花语体系里，每一种花都有特别的意义。送别的时候赠芍药，因芍药一名"将离"或"可离"；招朋友来喝酒，可以送上一枝"文无"——就是当归；离别之后必然忧愁，这时候可以赠送一束萱草，因萱草一名忘忧草；如果有朋友因什么事情生气，就送他一枝合欢，因合欢令人"蠲忿"。

芍药用于赠别，这个寓意在流传了千年之后，已经消失在历史的长河中了。如今的人谁舍得下手掐一枝芍药？那么美丽的花，欣赏都来不及呢。在民国时期的北平城，春末，中山公园、景山公园、颐和园等北平各处园林都盛开各色芍药，这些过去的皇家园林在那个时候都变成了市民公园，对外开放。《世界日报》上刊载了描述当时赏花盛况的文章，大标题是"小雨后天气清爽，中南海游园会盛况，听鸿楼下古乐悠扬，卍字楼旁芍药绽蕊"，参加的人有谁呢，立于楼旁的是"古乐专家齐如山"。

新闻里还说中央舞场举行香花舞，名为"舞芍跳舞大会"，与会人士均有赠品，是新鲜摘下的芍药花。北宁铁路局甚至为此加开看花专列，方便天津的市民来北平看花。北宁铁路局很有营销手段，买往返票打七五折，团体票还可以继续打折，一直卖到六月底花期结束才停止呢。

罂粟满

罂粟原产南欧，何时进入中国已不可考，至迟在唐朝的《本草拾遗》中就有记载，当时称罂子粟。罂粟又有米壳花、象谷、米囊、御米等名。取名罂粟，是因为它花后结果，果形如罂（罐），罂里有籽，细小如粟。

罂粟种子可入药，榨出的油脂称罂粟籽油，常用作灯油。陆游有诗曰"一杯罂粟纱灯下，最忆初寒宿上方"，灯里添的正是罂粟籽油。

罂粟在古代是常见的观赏植物。宋朝方回大概蛮喜欢罂粟花，为它写过好多诗，有写初夏之景的，"草鞯纻衫并竹扇，石榴罂粟又戎葵"；有写雨后花色更艳的，"千枝罂粟红如锦，谁谓侬家已送春"；有写送花种子给朋友的，"小雨翻锄土带沙，戎葵罂粟送诗家"。他家一定种了许多蜀葵（戎葵）和罂粟。蜀葵和罂粟都是初夏开花，蜀葵长过人头，罂粟高仅及膝；蜀葵靠墙，罂粟沿道，高低错落，花境如画。

明文震亨《长物志》中说罂粟"以重台千叶者为佳"。原种罂粟花为四瓣，多为红色，也有白色、粉色、紫色、杂色等，但花瓣基部都有深紫色的色斑，花形如盏，十分美丽。罂粟花有重瓣品种，即"重台千叶者"，内层花瓣有如剪成，花瓣前端细细

碎碎，确实艳丽非常。

　　元朝时，罂粟的药用效果被进一步发现。名医朱震亨说当时病人虚劳咳嗽及湿热泄痢，医家多用罂粟壳，效果是不错，然"其止病之功虽急，杀人如剑，宜深戒之"（《本草纲目》引）。到了明朝，"阿芙蓉膏"（鸦片，音译自阿拉伯语 Afyūm）从东南亚传入中国。清代中国深受鸦片之害，两次鸦片战争及其后签订的一系列不平等条约，致使中国近代史上写满了屈辱。因这种种原因，在中国，罂粟是不能作为观赏植物种植的。种一棵就违法，量大是犯罪。

　　明代李时珍说重瓣罂粟又名丽春花，这与别家说法有异。高濂认为丽春花属于罂粟一类，"其花单瓣，瓣常飞舞，俨如蝶翅扇动"。看他的描述，更似虞美人。罂粟和虞美人同为罂粟科罂粟属植物，亲缘关系很近。罂粟属植物全世界约 100 种，主产中欧、南欧至亚洲温带，少数种产美洲、大洋洲和非洲南部。我国有 7 种 3 变种和 3 变型，分布于东北部和西北部。这其中除了罂粟，余者皆不能炼制鸦片。

　　虞美人一名丽春花，一名百般娇，一名蝴蝶满园春。后两个名字美得不像名字，大约是古人觉得这种花实在太美，要用这么美的名字来赞美它。

　　虞美人是罂粟科罂粟属一年生草本植物，丛生，一丛有数十朵花；花茎柔软纤弱，微有茸毛；花蕾膨大后，柔弱的花茎支撑不了这么重的负担，纷纷下垂，要待开花时才能挺直。花有先后，茎有高低，一丛之中，有花有蕾，花形如碗盏，蕾形如长珠，结实如罂瓮；兼之有垂有直，有高有低，参差错落，形态美妙。

　　虞美人的花朵四瓣交叠，围成浅浅杯盏，质薄如绢，微风吹

虞美人

宋　艾宣

来会上下翻飞。若遇风过，片片启扇，如蝶翅万千，御风而舞，风不停则舞不止，恍如蝴蝶满园，春光无限；轻盈袅娜，宛如美人帐下歌舞，见之者莫不爱之，真正是"百般娇"。至于"虞美人"这个名字，乃是把它比作西楚霸王项羽的妃子虞姬。

木香上升

《红楼梦》第十七回曾提到木香。贾政携了宝玉和众清客一同游赏新盖好的省亲别墅：

> 转过山坡，穿花度柳，抚石依泉，过了荼蘼架，入木香棚，越牡丹亭，度芍药圃，到蔷薇院，坞里盘旋曲折。忽闻水声潺潺，出于石洞；上则萝薜倒垂，下则落花浮荡。

几处景致的描写，不仅词句对仗，文字好看，还和后文众姐妹入住园中的游赏起居之所，对应了起来。芍药圃是后来湘云醉眠的地方，蔷薇院暗指怡红院，芭蕉坞是探春的住所，有萝薜倒垂的显然是蘅芜院。荼蘼架、木香棚没有细写。此前，《金瓶梅》一书中有多处提到过木香棚，全是偷情之处。《金瓶梅》写的是市井男女私情。《红楼梦》里表现的则是闺阁女儿的一片纯洁痴情，诸般花木也有了灵气。

木香花一名锦棚儿，又名木香藤，为攀缘小灌木。木香枝条无刺或少刺，茎无气根，梗无跗足，却能攀缘而上，高与屋齐，让人惊叹。

木香四月开花，开时满架堆叠，绣锦铺玉。若为白色，则香

清 蒋廷锡

雪玲珑；若为黄色，则金花飞溅，蔚为奇观。木香花得一"锦棚儿"之名，便是从花开如锦、缀架满屏而来。木香有五种：木香花（花白色重瓣）、单瓣白木香（花白色单瓣）、黄木香花（花黄色重瓣）、单瓣黄木香（花黄色单瓣）、大花白木香（花单生，白色重瓣）。这其中，木香花是原变种，单瓣白木香是木香花的野生原始类型，大花白木香可能是白木香和金樱子的自然杂交种。这五种，任何一种都好看。叶密枝绿，花小而繁，碎玉飞瀑，焉能不美？

南宋朱弁《曲洧旧闻》中提到过木香："京师初无此花，始禁中有数架花，时民间或得之相赠遗，号禁花。今则盛矣。"朱弁是朱熹的叔祖，建炎元年（1127）自荐为通问副使赴金，为金所拘，不肯屈服，被拘留十六年始得放归。他的笔记题为"旧闻"，写于留金期间，主要记述北宋太祖以来诸帝及名臣逸闻以及汴梁往事。他说北宋开封城内木香花还很稀少，只在皇宫中有几架。到了明清时期，木香早就不稀奇了，庭院里种两架，添多少风情，增无数酣梦。

木香名字里带有一个"香"字，可见这花有香气。《花镜》里说："极其香甜可爱者，是紫心小白花，若黄花则不香。"黄木香花不香，但色艳。古人写木香花诗，多爱写黄木香。姜夔有《洞仙歌·黄木香赠辛稼轩》词，曰：

> 花中惯识，压架玲珑雪。乍见缃蕤间琅叶。恨春见将了，染额人归，留得个、袅袅垂香带月。　鹅儿真似酒，我爱幽芳，还比酴醾又娇绝。自种古松根，待看黄龙，乱飞上、苍髯五鬣。更老仙、添与笔端春，敢唤起桃花，问谁优劣。

姜夔认为黄木香比荼䕷花还要娇艳，这是极高的评价。欧阳修曾用《渔家傲》词牌写十二个月的风物，其中三月的词是："更值牡丹开欲遍，酴醾压架清香散。"三月开的花何其多，唯荼䕷可与牡丹比肩。而姜夔却说黄木香颜色娇黄，似鹅雏似酒，比荼䕷还娇，比桃花还艳。

曰木曰香，木而有香，平中有奇。木香一物，看似平常，细视却能让人爱不释手。白花不盈寸，黄花更如纽，娇小堪怜，玲珑精致，重瓣尤美。每次赏重瓣黄木香花，都有不似真花，更像奶油蛋糕上的翻糖装饰花的感觉。而重瓣白木香则像用绢绸剪成，层层聚簇，精致可爱。唐代邵楚苌写木香花诗，有"满地花钿舞时落""风动玲珑水晶箔"之句，写得真切。木香花一蒂数花，挨挨挤挤，一花未谢，一花又开。一簇花尚如此，则满架满棚，又是何等壮观。

上海植物园内有蔷薇园，园中月季诸色纷呈，如铺地锦绣一般。东边有一廊白木香，迤逦不下十丈；西边有一棚黄木香，独株成亭，密不透风。每年春四月，黄花先放，白花相继；黄者亭亭如华盖，白者蔓延如幔幛；黄者累累堆叠，年深而高，白者帘幕无数，岁久而重。年年仲春，东西相望，黄花谢而白花香，让人怎能不沉醉流连？

杜鹃归

世间常有花鸟同名。花有杜鹃，鸟有子规（杜鹃鸟）；花有芙蓉，鸟有金丝雀（芙蓉鸟）；花有玉簪（白鹤花），鸟有白鹤；花有白头翁，鸟有白头鹎（白头翁）；花有十姊妹，鸟有白腰文（十姐妹鸟）；花有孔雀草，鸟有绿孔雀；花有翠雀，鸟有翠鸟……

这些花鸟里，杜鹃是最有名的。杜鹃得一"归"字，非指春归。杜鹃开花在四月仲春，春归已久。杜鹃鸟啼声仿佛"不如归去"，所以这里才一语双关，将鸟啼声和花的重绽娇颜联系了起来。

子规一名杜宇。传说蜀王望帝名杜宇，死后化为鸟，叫声凄惨，至吐血而不歇，血落为花，即是杜鹃。李白诗《宣城见杜鹃花》云："蜀国曾闻子规鸟，宣城还见杜鹃花。一叫一回肠一断，三春三月忆三巴。"子规和杜鹃，乃是见花如见鸟、见鸟复忆花的关系。"杜鹃花落杜鹃啼"，杜鹃开花时，子规鸟正啼，估计正是因此，古人才把二者联系在了一起。

其实杜鹃啼血，乃是错觉。杜鹃鸟口腔内有红膜，鸣啼时鸟喙张开，红膜明显，远远看去，就像是鸟儿悲鸣，啼出了一腔鲜血。

杜鹃鸟又名谢豹，因此杜鹃花也叫谢豹花。至于杜鹃为什么又名谢豹，唐人志怪笔记《树萱录》中记载道：

杜鹃

清 恽寿平

昔人有饮于锦城谢氏，其女窥而悦之。其人闻子规啼，心动，即谢去。女恨甚，后闻子规啼，则怔忡若豹鸣，使侍女以竹枝驱之，曰："豹，汝尚敢至此啼乎？"故名子规为谢豹。

原来，有个谢家姑娘听到杜鹃啼鸣声，就想起从前来过的一个客人，便会发出豹鸣声，致使杜鹃多了一个别名。

有一种说法是，杜鹃"啼苦则倒悬于树，自呼曰谢豹"。谢家姑娘相思成疾、悲鸣若豹的故事，不过是有人根据鸟鸣声附会而来。古人很喜欢谢豹这个名字，宋舒岳祥《闻禽献咏》诗云"郭公莓熟郭公语，谢豹花开谢豹啼"，僧人慧远所作偈子道"君不见谢豹花开雨后春，杜鹃啼破梢头月"。

杜鹃又名踯躅花、红踯躅、山踯躅，又有一种黄杜鹃，名羊踯躅。踯躅二字，意为徘徊不去。杜鹃花科植物多半有小毒，误食会肠绞肚痛，颠倒匍匐——非是为花倾倒，乃是毒发。

杜鹃多产南方，西南尤多，华南也有。汉代杨孚撰有《岭南异物志》，写"踯躅花"曰："山谷间悉生。二月发时，照耀如火，月余不歇。"（《太平广记》引）踯躅花又名映山红，是有道理的。杜鹃开时满山如火，崖壁尽红。又有"照山白"，是杜鹃花的白花品种，从名字就可知盛开之时何等烂漫。

杜鹃花作为观赏花卉，在唐代已经很流行了，唐诗中有许多诗作赞美。白居易《题元十八溪居》诗云："晚叶尚开红踯躅，秋芳初结白芙蓉。"到了明朝，《大理府志》中称杜鹃花"谱有四十七品"——他们已经把野生的杜鹃花分门别类，取过名，排过座次了。

杜鹃花是十大名花之一，在中国的知名度极高。白居易曾有诗说："闲折两枝持在手，细看不似人间有。花中此物似西施，芙蓉芍药皆嫫母。"自此以后，杜鹃便有了"花中西施"这个美名。

瑞典的植物学家林奈在《植物种志》（1753年出版）中建立了杜鹃花属。19世纪中叶，英国人约瑟夫·胡克在喜马拉雅山考察，发现大量杜鹃花新种，引起各国对中国西南高山杜鹃的注意。19世纪至20世纪，欧洲各国的植物学家深入中国西南和华东等地，发现大量新种。英国从中国西南引种到爱丁堡皇家植物园的杜鹃花就有三百多种。

中国东南杜鹃和西南高山杜鹃引种至欧洲后，与欧洲本土的杜鹃属品种杂交。经过多年的栽培和交流，中国现在常见的栽培杜鹃品种有二三百种，根据形态性状和亲本来源，分为东鹃、西鹃、毛鹃和夏鹃四种。东鹃指东洋鹃，来自日本。西鹃通常指西洋鹃，为来自欧洲的培育品种。毛鹃即毛叶杜鹃。夏鹃，主要亲本为皋月杜鹃，夏天开花。

荼蘼香梦

明朝之前，荼蘼多写作酴醿。酴醿本是酒名，是一种经几次复酿而成的甜米酒，也称重酿酒。唐朝《辇下岁时记》一书中提到，清明时节，新进士在月灯阁打球、宴饮，皇帝会赏赐臣下酴醿酒。

《全唐诗》中，提到酴醿的共有三首，两首皆是指酒。唯一一首咏花的酴醿诗出自五代王仁裕撰写的笔记小说《玉堂闲话》，诗云："禁烟佳节同游此，正值酴醿夹岸香。"因此，明代王象晋《群芳谱》中说"酴醿，本名荼蘼，一种色黄似酒，故加'酉'字"，显然是不准确的。应是酒名在前，花名在后。

陶谷在《清异录》中记载，自己家里种有荼蘼。荼蘼盛开时，他对花宴客，请在座的客人为荼蘼取名号，有赛白蔓君、独步春、沉香密友等，成为荼蘼的别号流传开来。

从赛白蔓君这个别号就可以看出，荼蘼花为白色。宋人咏荼蘼，皆赞其白，如"风吹一架荼蘼雪""冰肌雪艳映残春""乱吹香雪洒阑干"等等。

荼蘼香气浓郁，宋人用花来窨酒。庞元英《文昌杂录》中说："京师贵家多以酴醿渍酒，独有芬香而已。"杨万里写过怎么制作："月中露下摘荼蘼，泻酒银瓶花倒垂。若要花香熏酒骨，莫教玉醴湿琼肌。"半夜摘下花朵，装在一个纱囊里，悬挂在酒瓶口，

大花白木香

宋　佚名

千万别让酒浸没花。

在遥远的宋朝,仿佛整个春天里,宫苑、庭院、山寺、郊野遍生荼蘼枝,开满荼蘼花,花如雪积,香风四溢。除了赏荼蘼花、渍荼蘼酒、写荼蘼诗等等风雅之举,大家还纷纷用荼蘼花来填充绣囊香枕,与荼蘼共赴阳台。这事有黄庭坚做证,他在《观王主簿家酴醾》里说"风流彻骨成春酒,梦寐宜人入枕囊。""荼蘼香梦",便是由此而来的吧。后来,曹雪芹又化入楹联中:"吟成豆蔻才犹艳,睡足荼蘼梦亦香。"

宋朝之后,荼蘼花就成了风流彻骨的代名词。明朝的一个春天,闺中小姐杜丽娘看到满园春景后萌发了对爱情的思慕,她唱道:"荼蘼外,烟丝醉软。"《牡丹亭·花判》中,对荼蘼花的评语是"春醉态"。因荼蘼而醉而软的,不仅仅是烟丝和柳丝,还有情丝。发乎情,醉乎意,荼蘼的意态之美,超过华贵的牡丹、高洁的梅花、端丽的莲花,因情发自内心,出于本能,它高于一切世俗的道德要求和做人标杆。

荼蘼花最早只有白色一种。《群芳谱》中有详细描述:攀缘藤本,三小叶排列如品字形,花白里透着浅碧,大朵重瓣,香微而清。从这几个特点来看,大花白木香可能就是宋人的荼蘼花。

大花白木香是重瓣,用古人的话说是"千瓣塞心"。它连花蕊都没有,自然不能结子,繁殖只能靠扦插,一向多种于庭园之中;一旦遇上战乱等等变故,便有枯死断绝之虞。到了明代,荼蘼变成了传说,时人多不识。这时人们从山里发现了香水月季,便把它称作荼蘼。《四川志》中说荼蘼有三种颜色:"曰白玉碗,曰出炉银,曰云南红,色香俱美。"香水月季的花苞为粉红色,盛开后变白色,阳光映照之下,花瓣如绸缎,隐隐似有珠光流泻,这大约就是"出炉银"了。"出炉银"是传统颜色名，又名退红，是一种浅红白色。还有一种大花香水月季，单瓣，乳白色，芳香，这不就是"白玉碗"吗？还有一种粉红香水月季，花重瓣，粉红色，估计就是"云南红"了。

原来荼蘼花是大花白木香或者香水月季的古名，只因这名字太美，其意象太可遐想，生出许多诗词篇章来赞咏。荼蘼之美，一美在其名，二美在其意。荼蘼花后，春花谢尽，春去无处可寻、无计可留，对满架荼蘼，叹青春易逝，惜人世无常。如花美眷，似水流年。风流旖旎处，还在花外。

荼蘼花是宋朝文人留给我们的最浪漫、最伤感的叹息。

仲夏之月　五月

榴花照眼，萱北乡，夜合始交，蘦卜有香，锦葵开，山丹赪。

——明·程羽文《花月令》

颜色

杨妃

榴花照眼

"榴花照眼"出自韩愈的诗《题张十一旅舍三咏·榴花》，全诗是："五月榴花照眼明，枝间时见子初成。可怜此地无车马，颠倒青苔落绛英。"五月的石榴花开得明亮，可惜没人来欣赏。

石榴原名安石榴，汉张骞出使西域，自安石国带回，后简称石榴。《本草纲目》引《博物志》云："汉张骞出使西域，得涂林安石国榴种以归，故名安石榴。"有学者考证说，安石国应为安息国，即古代伊朗。"涂林"，也写作"茶林"，看上去也是一个地名，但古人常用它来代指石榴。北魏杨衒之所著《洛阳伽蓝记》里有关于"茶林"的记载：

白马寺浮图前，茶林、蒲萄异于余处，枝叶繁衍，子实甚大。茶林实重七斤，蒲萄实伟于枣，味并殊美，冠于中京。

看来白马寺这地方土肥水美，种出的瓜果像是经过了航天育种，个顶个地大。石榴一个有七斤重，葡萄比枣子还大还甜。当时京城的人说：白马寺的甜石榴，一个石榴顶头牛。

我曾在网上买过蒙自石榴。蒙自石榴号纸皮甜石榴，皮可用手撕。揭去一层纸般的薄皮，露出一粒粒石榴籽，粉红晶莹。一

咬之下，满口汁水，香甜味美。边撕边吃，一囊食尽再揭一囊，果肉不干，汁水不溅。蒙自石榴一个有四百克到五百克重。想如今种植技术这般先进，一枚石榴不过一斤，离七斤的北魏标准相差甚远。

　　幼时，外公家屋后有大石榴一株，是我母亲年少时手种。每年开花时节，树下落花无数，我常与小朋友们拾落花游戏。石榴花形如小罂，于基部插一细竹枝，便是旱烟锅；以线穿数朵挂在脖子上，又是红璎珞。待结实之时，红果累累，绿叶相映，分外可爱。

　　石榴花除了最常见的大红色，还有白色、黄色、玛瑙色；另有红花白边者、白花红边者，名"红千层"或"白千层"；还有一种，花朵中心又长小花，重叠如起楼台，名重台榴。

　　《红楼梦》第三十一回中，湘云和她的丫头翠缕往大观园去，一路上说着话。翠缕道："他们那边有棵石榴，接连四五枝，真是楼子上起楼子，这也难为他长。"说的就是重台榴。而这里着重提一下石榴，一是时令到了，前两回刚写了过端午节，元妃从宫中赐下礼物来。二是借机点一下元妃，元妃的判词有一句是"榴花开处照宫闱"。元妃便似这重台榴，如火似焰，其势正盛。

　　石榴为落叶灌木，春末发新叶。若不知石榴开花为什么颜色，可以观察新叶。新叶发红开红花，新叶吐绿，则开白花、黄花或玛瑙色花。石榴边开花边结果，花与果并生枝头，硕果皲裂，花如红裙，绿叶交掩，点缀夏景最妙。

　　石榴的花托肥厚如钟，花瓣薄而多褶，层层叠叠，收于花托内，如八幅红裙束于襦下。后世于是把女子红裙命名为石榴裙，形色意态都像极了。写石榴裙的诗句很多，南北朝何思澄有"风卷葡萄带，日照石榴裙"之句——葡萄和石榴总是在一起，从进入中国的那一年就开始了，简直是"吉祥二宝"。

梁元帝萧绎有《乌栖曲》，诗曰："交龙成锦斗凤纹，芙蓉为带石榴裙。"用芙蓉花颜色的带子系石榴红的裙子，倒也好看。后来，"石榴裙"成为美人的代名词。李白有诗云："移舟木兰棹，行酒石榴裙。"美人助酒于木兰舟上，十分惬意。

萱北乡

"萱北乡"的"乡",通"向";"北乡"就是"北向",指朝北、向北。宋代王楙《野客丛书》云:"北堂幽阴之地,可以种萱。" 萱草不需要那么强的光照,作为林下植物,种在北面就可以了。

萱草又名忘忧草,是十分古老的植物,《诗经》里名谖草。

> 其雨其雨,杲杲出日。愿言思伯,甘心首疾。焉得谖草,言树之背。(《诗经·卫风·伯兮》)

"谖"有遗忘之意。《诗经·卫风·淇奥》云:"有匪君子,终不可谖兮。"意思就是翩翩君子,无法忘怀。诗中这位女子,其夫君是当地的英雄,为安邦定国去了东边打仗。她整日思念,忧思成病。她祈祷下雨,可是偏偏出太阳;她祈祷丈夫早日回家,可总没有捷报传来。她想念夫君,想得愁思困顿、心忧神伤。她希望能在北堂下种上一丛谖草,但愿能见之忘忧。

起初,萱草是夫妇之间的爱情之花、思念之草。"言树之背","树"是种,"背"通"北",即北堂。北堂原为妇女盥洗之所,后代指妇女居室,再后来,专指母亲的居所,又称萱堂。最终,"萱堂"成了母亲的代名词,萱草也就成了中国的母亲花。

在中唐诗人孟郊笔下,萱草已是慈母的象征,其《游子》诗云:"萱草生堂阶,游子行天涯。慈母倚门望,不见萱草花。"堂阶种萱,有希望母亲忘忧之意。同是"忘忧",内涵已发生转变,在《诗经》时代,是妻子思念丈夫;在后世,是儿女感恩母亲。

三国嵇康《养生论》中说"合欢蠲忿,萱草忘忧",合欢花让人不生气,萱草花让人不忧愁。萱草可忘忧的说法,一直盛行于古代。至于为什么萱草可以令人忘忧,却让人费解。也许李九华《延寿考》道出了真相:"嫩苗为蔬,食之动风,令人昏然如醉,因名忘忧。"(《本草纲目》引)

现代医学研究证实,萱草和黄花菜都含秋水仙碱,过量食用后会出现与砷中毒相似的症状:口渴,喉咙有烧灼感,发热,呕吐,腹泻腹痛,肾衰竭,甚至因呼吸衰竭而死亡。现阶段尚无能够应用于临床的解毒剂。在甘肃陇东地区流行十余年的牛瞎眼病,就是因牛食用新鲜黄花菜根而引发的。

古人认为黄花菜是萱草的一种,说"萱有三种":

> 单瓣者可食,千瓣者食之杀人,惟色如蜜者香清叶嫩,可充高斋清供,又可作蔬食,不可不多种也。(《群芳谱》引《宋氏种树书》)

单瓣者是萱草,千瓣者是重瓣萱草,色如蜜者是黄花菜。黄花菜晒干后称金针或金针菜,一向是佳蔬。

实际上,萱草和黄花菜区别很大。萱草花为橙红色或橙黄色,而黄花菜则花色淡黄;萱草花朝开暮谢,黄花菜午后开花,翌晨

凋谢；萱草花不香，黄花菜花香味甘。

古人诗词中还屡屡提到红萱，如唐朝钱起"红萱露滴鹊惊林"，宋朝阳枋"碧梧清梦绕红萱"，元人于立"红萱露滴真珠裙"等；杨万里有"柿红萱草立金幢"之句，红得像霜后的柿子，可见其鲜艳。这种红萱，可能是萱草的变种长管萱草，花的颜色为橘红色至淡红色。

萱草又名丹棘、疗愁、鹿剑。传说妇人怀孕时若佩此花则生男，所以萱草又叫宜男草。佩萱草可提升生儿子的概率，这纯属无稽之谈。查中药典籍，萱草的根为肉质根，可入药，为妇科、产科的良药，这才是"宜男"的真相吧。

萱草从《诗经》的年代起，就是观赏花卉，经过两千多年的栽培，品种极多。现在常见的大花萱草乃是从国外引进的，其花大如百合，花瓣又宽又厚，颜色多变，有红、黄、橙、紫、绿、白、粉等。更难得的是，大花萱草花期极长，可以从仲春开到晚秋，足足半年有余。

夜合始交

夜合就是合欢，又名合昏，因为合欢树的叶子到黄昏的时候就会合起来，故有此名。

合欢六月初开花，花像用丝线扎成的；丝线尖端红色，基部白色，像是用白色丝线扎好花球后，又放在红色染料里滚着蘸了一下，颜色慢慢洇到里面，有渐变的层次感。这渐变色的丝线又细又长又密，花朵远看像个绒球，所以合欢又名绒花树或绒树。合欢树的英文名字是 Silk Tree，翻译过来，也是丝绒树。

合欢为豆科合欢属乔木。豆科植物的叶子大多是二回羽状复叶，也就是说，它们的叶片都像羽毛一样排列。二回羽状复叶本身就十分美丽，折一片下来镶在画框里，就是一幅绝好的装饰画。《花镜》里描写它说："叶类槐荚，细而繁。每夜，枝必互相交结，来朝一遇风吹，即自解散，了不牵缀，故称夜合，又名合昏……分枝捣烂绞汁，浣衣最能去垢。"原来合欢树的枝叶捣汁，可以用来洗衣裳。

崔豹《古今注》说："欲蠲人之忿，则赠以青裳。"青裳就是合欢。嵇康《养生论》也说："合欢蠲忿，萱草忘忧。"蠲即捐弃、消除。

上篇讲过，萱草"食之动风"，可以"令人昏然如醉"，那

合欢

清 余省、张为邦

么合欢的功效又如何呢？《本草经》中说，合欢"主安五脏，利心志，令人欢乐无忧，久服轻身明目得所欲"。现代医学发现，合欢皮能疏肝解郁，但是作用不明显。合欢花能宁心安神，功效优于合欢皮，确实可以蠲忿。

《红楼梦》第三十八回，湘云做东请客，宝钗让哥哥薛蟠送来自家的螃蟹，大家吃了一顿蟹宴，作起菊花诗来。黛玉走至座间，拿起乌银梅花自斟壶来，拣了一个小小的海棠冻石蕉叶杯斟了半盏，一看是黄酒，说道："我吃了一点子螃蟹，觉得心口微微的疼，须得热热的喝口烧酒。"宝玉忙道有烧酒，便命人将合欢花浸的酒烫一壶来。

宝玉这个人旁门杂学很懂一些，黛玉要喝烧酒祛寒，他便命人将合欢花浸的酒烫一壶来，让黛玉喝。黛玉动辄生气，他就让她喝有蠲忿效果的合欢酒，一片爱护之意都在里面了。

《聊斋志异》有一则故事，叫《王桂庵》。王桂庵行船江上，邂逅佳人，眉目传情。他别后思念，夜深入梦，见江村柴扉内有夜合一株，红丝满树。王桂庵见此情景，想起一句诗："门前一树马缨花。"院中苇笆光洁，红蕉蔽窗，一女子探首向外看，正是舟中佳人。

故事中的夜合、马缨花，正是合欢的别名。合欢多用来暗示男女爱情。王桂庵念的诗，原句是"门前一树紫荆花"，被蒲松龄改成了马缨花。紫荆花虽然也美丽，却没有合欢的暗示意味。这一改，意趣便大不相同。

薝卜有香

薝卜是栀子花的别称,为梵语音译。我最早是从京剧《天女散花》中听到这个名字的:"菩提树、薝卜花千枝掩映,白鹦鹉与仙鸟在灵岩神巚上下飞翔。"菩提与薝卜都是佛教寺院里常见的花木。唐代诗人卢纶《送静居法师》诗云:"五色香幢重复重,宝舆升座发神钟。薝卜名花飘不断,醍醐法味洒何浓。"薝卜花和释家大有渊源,文震亨《长物志》中说它"古称禅友,出自西域,宜种佛室中"。

关于"栀"字,李时珍《本草纲目》中解释道:"卮,酒器也,栀子象之,故名。俗作栀。"原来栀子花的名字,是从它的果实来的。栀子结果,长纺锤形,四周有棱,黄色,像古代的酒器卮。

在江南的一些地区,当地人都管栀子花叫黄栀子。我有一次去莫干山,看到一株野生原种栀子,当地人告诉我说,这是黄栀子。栀子花是白色的,为什么叫黄栀子呢?《史记·货殖列传》中说:"及名国万家之城,带郭千亩亩钟之田,若千亩卮茜,千畦姜韭,此其人皆与千户侯等。"卮就是栀子,茜是茜草。栀子可以染黄,茜草可以染红,都是当时重要的染料植物。种上千亩的栀子、茜草还有千畦生姜、韭菜,其富有就可等同于千户侯了。也就是说,在西汉,栀子是作为经济作物而非观赏花卉来种植的。

栀子

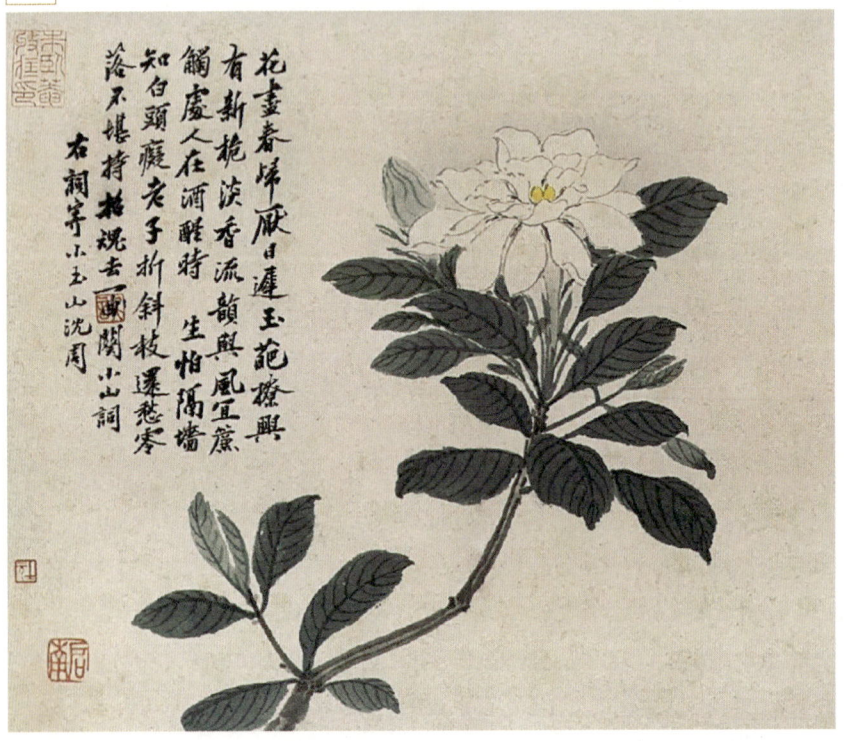

明 沈周

原种栀子，单瓣六出，作盆景观赏时，有个美丽的名字叫"水横枝"。变种为重瓣栀子，《群芳谱》称之为"白蟾花"，又叫"玉荷花"。大花重瓣不结子的是栽培品种大花栀子，城市里最常见的就是这种。大花栀子花瓣肥厚，花朵硕大，花多而繁，香气浓烈；树高过人，旁枝横斜，一株便是一大丛。

段成式《酉阳杂俎》中写道："诸花少六出者，唯栀子花六出。"吴地有民歌说"栀子花开六瓣头"，指的是原种栀子。即使是重瓣的白蟾花，每一层也是六瓣，瓣瓣清晰可数。只有大花栀子瓣数和层次才不明显，厚嘟嘟一大团，实在看不清有多少瓣。

栀子花除了可供在佛像前，在餐桌上自然也不会被什么都想尝一尝的中国人放过。林洪《山家清供》里说："旧访刘漫塘宰，留午酌，出此供，清芳极可爱。询之，乃栀子花也。采大者，以汤焯过，少干，用甘草水和稀，拖油煎之，名'薝卜煎'。"薝卜煎这个名字，听上去很是风雅，不知吃上去味道如何——应该是一咬之下，齿颊留香吧。

江南梅雨时节，栀子花是应季的花卉，和白兰花一起，香甜了整个雨季。栀子叶的翠色泅染着湿漉漉的空气，雪白的栀子花放在藏蓝布上，洒了水，衬在竹篮里。阿婆用悠长的吴语叫卖："栀子花——白兰花。"这样的声音，是这个城市里一缕旧时弄堂和旗袍裙裾的余韵，回荡在柔软的记忆里，成为弹硌路般的符号。

锦葵开

锦葵科植物与我们的关系十分密切：棉花产棉，苘麻出麻，秋葵供食，冬葵做羹，蜀葵入药，黄葵造纸，木槿浣头，芙蓉染色，玫瑰茄泡茶，咖啡黄葵代饮……

锦葵又名钱葵，它的花大小如一枚铜钱，江苏有些地方干脆管它叫小钱花，有的书上也写作金钱紫花葵。唯有四川某些地方叫得古怪，叫它棋盘花。看来看去，从叶子到花，都与棋盘没什么关系嘛。

锦葵花色紫红，花朵娇小可爱。它初夏时节开花，从五月开到十月，热热闹闹开足一个夏天。

锦葵还有一个古名，叫荍。《诗经·陈风·东门之枌》云："视尔如荍，贻我握椒。"诗里的男子不吝赞美，夸女子美丽得像锦葵花，而女子也大方可爱，赠送男子一束花椒。花椒气味芬芳，古代营造宫室时会将其砌进墙里，让香气持续散发，以辟秽气。女子送男子一束花椒，有暗示他筑屋迎娶的意思；另，椒谐音交，可以理解为"我俩交情好，白头可到老"。

后世形容女子美丽，多半是芙蓉如面柳如眉、杏眼桃腮，或者其他烂熟的句子，很少能够听到新鲜少见的比喻。像《诗经》那样把美女形容为锦葵、木槿（"有女同车，颜如舜华"，"舜华"

锦葵

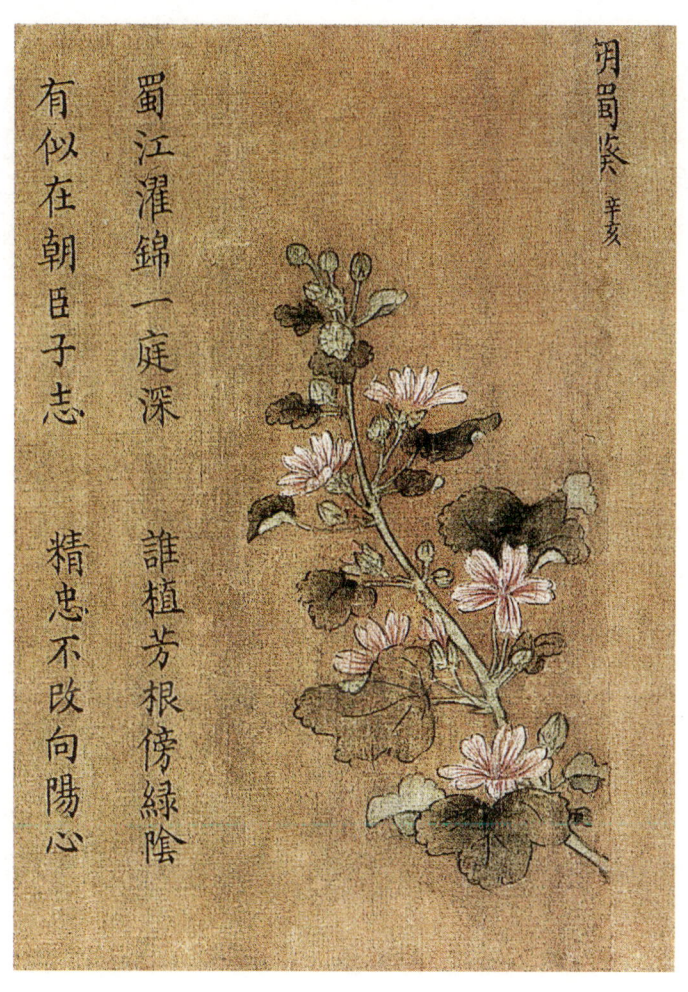

宋 杨婕妤

即木槿花），可以说是相当自由的创作。

"视尔如荍"，除了锦葵花确实美丽，我觉得还有夸赞对方可爱的意思。就像江苏人管锦葵叫"小钱花"，听上去多么可爱俏皮。看锦葵的花，小小一朵，粉红间紫，花瓣上的条纹像是画工勾描的，确实是让人怜爱。一丛锦葵盛花期一天开花不下百朵，丰盈华美，灿烂如锦，一派欣欣向荣的气象。一个男子把心上人比作锦葵，那真是心中充溢着对她的喜爱。盛开的锦葵密密一丛，茂盛葱茏，花朵紫红，葵叶绿浓。对着锦葵，谁也不会生发出"桃花尽日随流水"的伤感，只会满怀喜悦地说："不绩其麻，市也婆娑。"——妹子，别成天在家绩麻纺线了，我们去跳舞吧。正是：喜青春正好，你容颜如花。

在以前，锦葵是作为蔬菜食用的。《植物名实图考》就把它收录在卷三的"蔬类"篇里。不知锦葵叶子怎么吃，也许煮汤？卷三的"蔬类"篇收蔬菜三十一种，排第一的是冬葵，其后是蜀葵、锦葵、菟葵——简直是葵类大集合。冬葵是冬寒菜，在古代被称为"百菜之主"，巴蜀湘鄂一带至今喜食，常用来做汤羹或菜粥。菟葵，即野葵，又叫棋盘叶、冬苋菜，与锦葵是近亲，花瓣白色或淡红色，和锦葵花十分相似，只是颜色稍浅。

葵类植物并非一个分类学范畴，它们只是因为具有相同的特性而均得"葵"之名。《植物名实图考》云："古人于菜之滑者多曰葵。如落葵，《本草纲目》云：'落葵冷滑如葵，故得葵名。'又如龙葵，曰：'言其性滑如葵也。'"落葵就是木耳菜，龙葵又叫苦葵。这两种都不是锦葵科植物，但因为煮熟之后口感滑溽溽的，也被划拉进了葵类里。

山丹赪

"山丹丹开花红艳艳……"这首陕西民歌里的山丹丹就是山丹。山丹的花是鲜红色的,艳红如火。"山丹赪","赪"的意思就是红色。山丹开花,花朵下垂,花瓣反卷。有的地方就按其形貌,叫它灯伞花、伞子花,言其花形如伞。山丹为百合科百合属植物,叶子细而尖长,因此又叫细叶百合、线叶百合。

古人觉得百合属植物的地下部分像个大蒜头,南朝梁陶弘景《本草经集注》云:"根如胡蒜,数十片相累,人亦蒸煮食之。"那时,人们就采百合食用了。百合又叫蒜脑薯,因"其根如大蒜,其味如山薯"。山薯,即薯蓣,也就是山药。也就是说,古人认为,百合根像大蒜头,味道像山药。

古人说的百合根其实不是根,而是地下茎,像鳞片一样层层重叠,裹为球形,现称鳞茎。鳞茎肉质,富含淀粉,味道香甜,可以食用,即现在市场上出售的百合。百合有新鲜和干品之分,新鲜百合拆开,可清炒,晒干的百合可炖汤。百合属植物中国有三十九种,用于食用的百合大多是栽培的兰州百合。兰州百合是川百合的变种。川百合、兰州百合,别名都叫山丹。也就是说,古人说的"山丹",除了《中国植物志》里正式名为山丹的植物之外,还包括其他几种和它形貌相似的百合属植物,如百合、卷丹等。

龙船花

清 居廉

山丹

这些百合属植物花朵美丽，香气浓郁，一向深受人们喜爱。但明朝李时珍编撰《本草纲目》时，把百合放在菜部，和葱、韭、蒜一个组，跟在甘薯、芋头、山药后面，是淀粉类食物。王象晋编《群芳谱》，把百合放在果谱里。清朝吴其濬《植物名实图考》中说，在云南，百合、山丹多如柴薪，随便采采就能插满一瓶，装点居室。但他也没把它们归在群芳类，而是放在了蔬类。这些药学家、植物学家在分类时，考量的还是实用功能。倒是宋朝人编著植物类书《全芳备祖》时，把百合、山丹放在了花部。如此美丽的花，就应该被放在观赏植物的位置上。

但是，山丹和川百合这一类百合属植物的花期在七八月，《花月令》却将山丹放在农历五月，时令不太吻合。

其实在古代，不只这些百合属植物叫山丹，有一种生长在南方的花也有山丹之名，农历五月花开正好。

今年丹荔逐南风，独有名花发旧丛。似恨庭前绛囊少，殷勤来献绣球红。（南宋·陈宓《山丹五本盛开》）

这首诗写的就是南方的山丹。时令已是初夏，荔枝挂果，春花早谢，庭前山丹盛开，像红色的绣球花一样。

南宋刘克庄《山丹》诗云："种久树身槮似盖，浇频花面大如杯。"山丹种久之后，又高又大，树冠如盖，显然不是百合属植物。

宋人说的这种名叫山丹的花树，明朝王世懋的《学圃杂疏》中提到过。王世懋说，曾有闽人来当地卖一种花，说叫红绣球，还说此花自倭国（日本）而来；后来自己到了福建建宁，发现人家庭院里就种有此花，名叫山丹，是福建当地花卉。这种山丹什么样子呢？"花簇红球，俨如剪彩。"

这种又名红绣球的山丹，现名龙船花，因其花开在五月，正是龙舟竞渡之时。俗语云："龙船花开，端午节来。"其实在南方各地，多种五月开花的植物都有龙船花之名，如赪桐、圆锥大青、臭牡丹等。

龙船花是茜草科龙船花属灌木，多丛生密植，矮者为篱，高者成树；树叶浓绿，红花如球，因名红绣球，又名英丹、五月花、红缨花。道光年间出版的《晋江县志》中详细描述了山丹的模样："一朵百蕊，形如绣球；一花四英，深红色。""一朵百蕊"，是指一朵绣球状的大花由百余朵小花组成；每朵小花都有长长的萼管，萼管顶端裂为四瓣，平展如十字，即"一花四英"。

龙船花是蝴蝶的蜜源植物，萼管里生有蜜腺。闽粤地区的儿童在游戏时会拔出萼管来吸食里面的花蜜，十分香甜。此花又名英丹、仙丹，小孩子常戏言吃了可以成仙。在南粤，龙船花和艾草、菖蒲、粽子、雄黄酒、虎子花一样，是端午节的节令之物。

季夏之月　六月

桐花馥，菌苴为莲，茉莉来宾，凌霄结，凤仙降于庭，鸡冠环户。

——明·程羽文《花月令》

颜色
银红

桐花馥

"桐花馥"放在农历六月，很奇怪。《礼记·月令》有云，季春之月，"桐始华"。《二十四番花信风》的清明节气里，一候是桐花，二候是麦花，三候是柳花。季春时节，恰是清明节后，这个时候开的桐花，是泡桐的花。

泡桐，也叫白桐。在中国古代，植物分类基本凭感觉，树叶相似、花朵相近的，都可以划归在同类中。木瓜和海棠都可以叫海棠，青桐（梧桐）和白桐都是桐。

在有"桐"之名的树中，要说花香，以泡桐为第一；若论花艳，当推刺桐；如论花雅，则数油桐；而声名最著者，莫过于梧桐。既然"桐花馥"之"桐"已经明确是泡桐，列举桐类植物似无道理；但泡洞春天开花，程羽文却把"桐花"放在农历六月，时间不对，颇让人觉得烦恼，有必要把这些"桐"都罗列一下。撇开"六月"，单说"桐花馥"，油桐花不香，梧桐花也不香，香的只能是泡桐花。

桐花在古人诗词中是乡村和郊野的代名词，是清明时节的象征物。泡桐停伫于道旁，开着明丽的花朵，伴着杨柳，伴着踏青的欢畅，以及那些因扫墓而来的忧伤。

欢畅的是柳永，他在《木兰花慢》中写道："拆桐花烂漫，乍疏雨、洗清明。正艳杏烧林，缃桃绣野，芳景如屏。"桐花在

泡桐

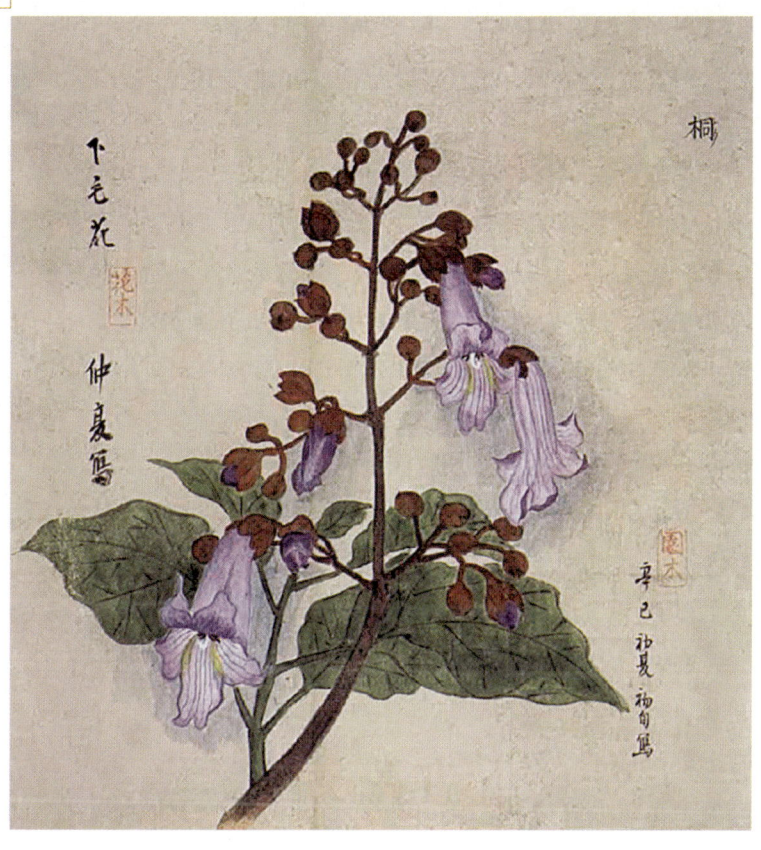

《梅园百花画谱》

他眼里，是烂漫的。桐花、桃花、杏花点缀山野，风景如锦屏。"倾城。尽寻胜去，骤雕鞍绀幰郊坰。"全城的人都出城去踏青了，一下子车和马漫山遍野撒开来。《尔雅》中说："邑外谓之郊，郊外谓之牧，牧外谓之野，野外谓之林，林外谓之坰。"郊坰就是林外之林，野外之野。

在多情之人看来，桐是士女春游的背景树；在贬谪之人看去，桐花却令人伤感。白居易《寒食江畔》写道："草香沙暖水云晴，风景令人忆帝京。还似往年春气味，不宜今日病心情。闻莺树下沉吟立，信马江头取次行。忽见紫桐花怅望，下邽明日是清明。"看见紫色的桐花，想起明天就是清明节了。往年在帝京，曲江水边，该是多么热闹；而今在外省，又是病中，就算是草香沙暖，也只能闻莺声而怅立。诗中说的下邽在渭南，是他的故乡。

桐花便是这样一种让人又欢喜又惆怅的花，它与清明是密切相关的。宋张泠川《寒食》诗里说："江城吹笛晚风斜，城郭人稀噪乱鸦。火冷烟青寒食过，家家门巷扫桐花。"唐元稹有《桐花》诗，诗曰："胧月上山馆，紫桐垂好阴。可惜暗澹色，无人知此心。""紫桐垂好阴"，可见写的是紫花泡桐。后面的"自开还自落"，写的正是桐花的特点。桐花会掉，且边开边掉，开花时节，在树下小立片刻，一朵肥厚硕大的花就掉在眼前。泡桐树花多，若路边有一棵，清明节后打路上过，会踩着一地浅紫灰白的花。

唐李德裕在《画桐花凤扇赋》序文里提到一种鸟，叫桐花凤：

　　成都夹岷江矶岸，多植紫桐，每至暮春，有灵禽五色，小于玄鸟，来集桐花，以饮朝露。及华落则烟飞雨散，不知所往。

关于桐花凤，古人写了很多诗，苏轼有《次韵李公择梅花》诗云："故山亦何有，桐花集幺凤。"桐花凤到了后来，成为郎情妾意的爱情符号，清初王士祯的《蝶恋花·和漱玉词》就有著名的"忆共锦衾无半缝，郎似桐花，妾似桐花凤"之句。桐花凤即今蓝喉太阳鸟，重只有五六克，连尾羽在内不超过十五厘米，其头、颈、背、胸部羽毛为鲜红色，腹部是黄绿色，脸颊、喉部、胸侧有蓝紫色斑，太阳下羽毛绚丽多彩，有如七彩光自林间洒下。太阳鸟喜食花蜜，被称为中国的蜂鸟，四川桐树甚多，古人便爱称它为桐花凤。

桐木可制琴，元稹的《桐花》诗里就说"尔生不得所，我愿裁为琴"。但凡古人诗里涉及桐，就要辨别一下是梧桐还是泡桐。泡桐和梧桐，谁才是制琴的良材？这个问题向来莫衷一是，可参见后文之《木叶脱》篇。

菡萏为莲

菡萏之名,见于《诗经》。《国风·陈风·泽陂》云:"彼泽之陂,有蒲菡萏。有美一人,硕大且俨。"三国陆玑《毛诗草木鸟兽虫鱼疏》中有关于菡萏的解释:"其花未发为菡萏,已发为芙蕖。"未开的莲花苞叫菡萏,已开的叫芙蕖。

李白《子夜吴歌·夏歌》第一联便是"镜湖三百里,菡萏发荷花"。荷,即莲,二者为一物。在他看来,荷花是吴地夏季的象征。要写吴地之炎夏风物,第一个镜头捕捉的,就是含苞待放的菡萏、清香四溢的荷花。"五月西施采,人看隘若耶。"农历五月,荷花开放,西施去采花,去看花看人的乡亲们塞满了若耶溪。西施便是那"有美一人"呀,只有这样的美人出行,才会造成交通阻塞。偌大的吴地,一整个夏天,有多少美景可写,但诗仙只用这一湖莲花,便写尽了吴越的千古风流。

写莲最有名的,当属宋朝周敦颐的《爱莲说》:"予独爱莲之出淤泥而不染,濯清涟而不妖,中通外直,不蔓不枝,香远益清,亭亭净植。"据说藕生应月,月生一节,整根莲藕为十二节,遇上闰年则有十三节,每节出一叶一花。真是这样,那满池塘的荷叶荷花,塘泥底下会有多少藕?清波之上,有荷叶、荷梗、荷花、莲蓬;清波之下,有藕、藕带。藕带古名蔤,清人屈大均《古意》

诗曰:"与君情好密,白蒻在泥中。花叶生同节,相莲自始终。"蒻即密,莲即怜,两情密好,相怜始终。

原产中国的荷花有红荷、粉荷、白荷三种,栽培品种无数,变化无穷,但尽为红、粉、白三色而已。此外,美洲有黄荷花,色黄如金,诚为异种。除了种在池塘和湖泊间,人们也常在庭院内用缸植,甚至用小碗杯水种碗莲作案头清供。古人种荷十分讲究,陈淏子《花镜》中说,须将河泥塘泥曝晒至干透,撒马粪一层,再曝至干,盘藕于上,节间固定,贮水到缸沿;夏天不能水干见泥,冬天不能受冻结冰。这样种出的荷花,才能叶茂花盛。

莲花在早期是美人,宋以后则是君子。周敦颐《爱莲说》一出,君子之名就从此落到了莲花的头上,美人之名远遁。后世武侠大师金庸受其影响,《射雕英雄传》里的一碗"好逑汤",美人是花瓣与樱桃,君子是竹与荷。

但荷花的形象,除了象征美人与君子,还曾造就无数浪漫的篇章。《古诗十九首》里,第六首《涉江采芙蓉》说:"涉江采芙蓉,兰泽多芳草。采之欲遗谁,所思在远道。""采芙蓉"和"有所思"是密切联系在一起的。

六朝人爱采莲。朱自清在《荷塘月色》中写道:

> 采莲是江南的旧俗,似乎很早就有,而六朝时为盛;从诗歌里可以约略知道。采莲的是少年的女子,她们是荡着小船,唱着艳歌去的。采莲人不用说很多,还有看采莲的人。那是一个热闹的季节,也是一个风流的季节。

莲在六朝时,是青春的艳歌。花开时可采莲,及至秋水渐冷,荷花变成了莲蓬,莲蓬里剥出莲子,莲子又谐音"怜子",被六朝人用来含蓄地道出心中的爱怜、想念、思恋。如果说荷花本身就是一首《采莲曲》,那主题就是爱恋,有"低头弄莲子,莲子清如水"的含蓄不发,也有"牵花怜共蒂,折藕爱连丝"的爱情宣言。君子禀性与莲何干?它自做一枝娇美的出水芙蓉,只与情人共情怀。

茉莉来宾

"茉莉来宾","来宾"即来此地为客之意,是说茉莉是外来品种。宋代张景修以十二花为十二客,呼茉莉为远客。"茉莉"这个名字为梵文音译,初引进时曾经翻译为抹莉、抹历、没利、末丽,也有写成末莉的。《本草纲目》中说:"盖末利本胡语,无正字,随人会意而已。"

苏轼的《题姜秀郎几间》诗写他被贬海南时见到的风物人情,美其芬芳为"暗麝",诗曰:"暗麝著人簪茉莉,红潮登颊醉槟榔。"说此地妇人爱美,发髻上插着茉莉花,芬芳异常,好像风送麝香。茉莉何时进入中国已不可考,有一种说法是,吴永安七年(264),罗马商人把素馨、茉莉引进交趾。但这种说法显然有待商榷,茉莉汉初当已传入中国。汉高祖十一年(前196),陆贾奉命出使南越,著有《南行记》,其中有关于茉莉的记载:"南越五谷无味,百花不香,独有二花不随风土而变,谓素馨、茉丽也。"汉初南越已有茉莉,久之成为土产。北宋福清人陈傅《瓯冶遗事》认为茉莉是闽中特产:"果有荔支,花有末丽,天下所未尝有。"可见他宦游多年,不曾在福建之外见过这种洁白芬芳的小花。

素馨花起初叫那悉茗花,它和茉莉一样,都是从热带地区引种到中国的,在南方生长茂盛。关于素馨一名的来历,《南汉书》

茉莉

宋 佚名

说："素馨，后主（刘铱）司花宫女，以色进御，封美人，性喜簪那悉茗花，因名之素馨。"原来是有个宫女喜欢把那悉茗花插在发髻上，那悉茗花才得沐皇恩，被赐名为素馨。

据《武林旧事》记载，南宋时杭州城里茉莉花颇为昂贵："初出之时，其价甚穷，妇人簇戴，多至七插，所值数十券，不过供一晌之娱耳。"到了明朝的时候，茉莉仍然不便宜，谢肇淛《五杂俎》一书中说："茉莉在三吴，一本千钱，入齐辄三倍酬值。"

茉莉是南方之物，江浙偏冷，种植颇费功夫，福建两广就不同了。《郑松窗诗注》曰:"广州城西九里曰花田,尽栽茉莉及素馨。"（《全芳备祖》引）福建两广到现在仍是茉莉的主产区,广东产重瓣花,福建产单瓣花。而种植这么多的茉莉花,乃是为了窨茶。北方因水硬,泡出的绿茶色沉味涩,而茉莉花茶巧妙地避免了这个问题,借茉莉之香带出茶叶之味,谓之香片。梁实秋曾写过《喝茶》一文,说:"茉莉花窨过的茶叶,临卖的时候再抓一把鲜茉莉放在表面上,所以叫做双窨。于是茶店里经常是茶香花香,郁郁菲菲。"

茉莉高可达三米,如今多被种在阳台上作盆栽,高不过一米,品种也较为单一,多是重瓣茉莉。茉莉花蕊间有小孔,小女孩儿最喜摘来穿作项链、手环,夏日戴于额前颈下、发间腕上,芳香凉爽。

凌霄诰

凌霄初名陵霄，一名紫葳，是紫葳科凌霄属多年生缠绕藤本植物。

凌霄枝条蔓生，枝蔓间生气根，根末端生趾，有点像壁虎的足。气生根分泌出汁液，吸附在树上，牢牢抓住，扯都扯不下来。凌霄一旦缠上树干，马上扶摇而上。树有多高，藤有多高，可达十丈。

我先生曾在他母亲的院子里种过一棵凌霄，本想让它爬满整面院墙，夏日可吸收热量。才两年，还没等开花，凌霄枝叶已经布满一半水泥墙面。一日，老母亲把墙上凌霄一一拉下，用扫帚打扫墙壁。我大惊，问这是为何。母亲大人言道："爬在墙上龌龊相，好好的墙，清清爽爽多好。"我再看那水泥墙上，布满了细碎印子，像是有什么小动物曾经游走其上，留下足迹无数。

那些根须上分泌出的汁液有些微的腐蚀性，印子深深侵入墙上，任是雨打风吹日晒，多年之后，仍然清晰可见。

凌霄叶掌形开裂，色作深青，甚美。枝间跗足，紧贴于墙，遇有风吹，蔓动而枝不动，叶间有风，最堪入画。而花最盛时，一簇开花十余朵，皆大如牵牛。夏日少花季节，连牵牛都过午不开，凌霄却不惧炎热，越热开越艳。于凌霄棚架下纳凉，几乎为之感动。

据说凌霄花有毒，露滴眼中，令人失明。这也罢了，毕竟花

中露水滴入眼中的概率不大。但有的地方甚至管凌霄花叫堕胎花，《花镜》中说它"花香劣，闻太久则伤脑，妇人闻之能堕胎，不可不慎"。

对这样的传闻，吴其濬曾驳斥说："余至滇，闻有堕胎花，俗云飞鸟过之，其卵即陨。亟寻视之，则紫葳耳。青松劲挺，凌霄屈盘，秋时旖旎云锦，鸟雀翔集，岂见有胎殰卵殈者耶？"

飞鸟过花，其卵即陨，何等无稽。如果花有这等奇效，还要药做什么呢？闻花能堕胎，简直比红花、麝香还神奇，足以让人不寒而栗。

凌霄多植于古寺或园林。江南园林中多种植凌霄花，苏州的艺圃和虎丘都有。老城的寻常巷陌偶尔也能遇上一两株。夏天，凌霄开着橙红色的花，一簇簇，垂挂在青瓦之下、粉墙之上，令人惊喜。

但更多的人是从书中知道的凌霄花。很多人是从诗人舒婷的《致橡树》中得到最初的印象："我如果爱你，绝不像攀缘的凌霄花，借你的高枝炫耀自己。"金庸小说《倚天屠龙记》中也提到过凌霄。

> 只见古柏三百余章，皆挺直端秀，凌霄托根树旁，作花柏顶，灿若云荼。郭襄正自观赏，忽听得山坳后隐隐传出一阵琴声……琴声渐响，但愈到响处，愈是和醇，群鸟却不再发声，只听得空中振翼之声大作，东南西北各处又飞来无数雀鸟，或止歇树巅，或上下翱翔，毛羽缤纷，蔚为奇观。

这一段文字极其好看。因"飞鸟过之，其卵即陨"的传闻，群鸟与凌霄花的组合显得越发奇特，更具戏剧性。

《嵩山记》记载，嵩山少室山初祖庵前有三花树，凌霄附桧柏而生，花开深红，达摩祖师没来建庵时就有了。金庸先生写到嵩山，出现一片凌霄花，乃是有原因的。

古人所说的凌霄，如今俗称中国凌霄。紫葳科凌霄属有三种，一是凌霄，原产中国和日本；一是厚萼凌霄，原产美国，因此也叫美国凌霄；还有一种是中国凌霄和美国凌霄的杂交种，称杂种凌霄。如今城市里种得最多的便是杂种凌霄。

凤仙降于庭

凤仙花是夏日最常见的花了。房前屋后、院内墙角,不拘什么地方,撒下种子就能出,转眼就有一尺来高。翠绿的茎和叶子,开许许多多粉色、红色、紫色、白色的花。花形很好看,似飞舞的凤凰,翅膀、鸟头、爪、须一应俱全。尤其有趣的是,花朵的反面尾部,有一个小钩子一样的"距",像鸟头上的羽冠。呼它为凤,一点没错。

凤仙花的叶子细长如桃叶,有锯齿边。茎粗中空,夏日大雷雨后易折断。因此民谚说,欲种凤仙花,须备树丫杈。夏日暴雨将至时,在凤仙花丛上搭起架子,方可不损嫩茎。大多数人对待凤仙花却漫不经心得很。种牵牛花,都知要搭架任其攀缘;种菊花,也要用竹枝扶其花头;唯种凤仙,任其自生自长,花开时赏,花盛时采,花被雨打,袖手旁观而已。

凤仙花花色极多,种上一片,十分好看。清代赵学敏著有《凤仙谱》,记载了近两百个品种的凤仙花。作者可不是仅仅摘抄前人书籍或者记录道听途说,而是亲手培植。他收录的这些凤仙花,也多是栽培种。其实中国原种凤仙花极多,我每次进山,都会拍到当地特有的品种,颜色形貌各异,唯一不变的是花朵反面的"距"——这是凤仙类植物的特征。

凤仙花后结果，为宽纺锤形。成熟的果实像个弹匣，稍稍一碰，果皮裂开，里面的种子弹射出去，可以飞很远。凤仙花因此得了个俗名，叫"急性子"。

凤仙花虽然是寻常花草，却也曾被植于宫中。南宋光宗的皇后姓李名凤娘，宫中为避讳，便把凤仙花叫作"好女儿花"。传说李后悍妒，光宗洗手，见端盥盆的宫女双手白腻如玉，不免多看几眼。几天后，李后送上一个食盒，里面是一双雪白的手。性格如此暴戾的人自然不允许别人叫她的名讳。

凤仙花在民间又叫指甲花。摘大红色的凤仙花，加明矾捣烂了，取汁液和碎花包指甲，可以染红。小姑娘夏天无事可做，午睡醒来，蝉声鸣噪，微风吹拂，取小碗在院子里采几朵凤仙花，加明矾研细了，用镊子夹起一点胭脂红来堆在指甲上，伸出手不动，或是让姐姐妹妹采了南瓜叶子来包好。过些时，指甲上便有了淡淡的红色。要颜色深红，须包缠过夜，还要连染三次。小姐妹互染红指甲，是旧时闺中极可爱的一幅消夏图，可惜如今不多见了。《燕京岁时记》中记载道："五月花开之候，闺阁儿女取而捣之，以染指甲，鲜红透骨，经年乃消。"正是："君不见东家女儿结束工，染得指甲如花红。斜簪茉莉作幡胜，鬓影过处饶香风。"

"凤仙降于庭"，用的大约是吹箫引凤的典故。《列仙传》中载，秦穆公有个女儿名弄玉，嫁给一个会吹箫的男子萧史，两人吹箫习曲，久之箫声有若凤鸣，引来凤凰降于庭。数年后，两人跨凤飞去。

鸡冠环户

鸡冠花别名鸡髻花、老来红、芦花鸡冠、鸡公花、鸡角根等，这些都是民间各地的叫法，算是小名或土名。它也有个洋名，来自西方。此西方非现在所说的西方——泛指欧美，而是古代西方——印度。此名出自梵语，叫波罗奢花。

一看"波罗奢"三个字，就知道是出自佛经了。《大般涅槃经》里面有好几处提到它，如"举身毛竖遍体血现如波罗奢花"，说的是众信徒在佛光的照耀下，寒毛直立，遍体血现，整个身体宛如一朵波罗奢花。

想象其景，是多么光华灿烂。你要是见过强光下紫红色的鸡冠花，会惊叹它的华彩：金丝绒般的质地，其质也浑厚，其形也端庄，流光溢彩，真体内充。鸡冠花以红色著称——"鸡冠"二字已经说明一切，鸡冠都是血红的——也有黄色、紫色、豆绿、白色等，还有鸳鸯鸡冠这样两种颜色的，甚至有紫、白、粉三色的。

鸡冠花的品种，在古代就有很多了，《群芳谱》中就记载有扫帚鸡冠、扇面鸡冠、缨络鸡冠、鸳鸯鸡冠、寿星鸡冠等。现代又培育出"百鸟朝凤"一种，其主枝顶端花序硕大，分枝顶端者较小，小花序簇拥着大花序，如群鸟拱凤。

鸡冠花是草花，年年播年年生，再热的夏天也花开不断，不

鸡冠花

元　谢楚芳

算名贵花卉。但在中国古代，"鸡有五德"的观念惠及鸡冠花，使它也成为诗人歌唱颂咏的对象。西汉刘向《新序》中记载，春秋时鲁国大夫田饶对鲁哀公说："君独不见夫鸡乎？头戴冠者，文也；足傅距者，武也；敌在前敢斗者，勇也；见食相呼，仁也；守夜不失时，信也。"自此鸡的形象就确立了，文武双全，守信忠勇，后世文人墨客以鸡的五德为题材吟诗作画的很多。推而广之，连鸡冠花也被尊崇起来。

宋代赵企《咏鸡冠花》诗云："秋光及物眼犹迷，着叶婆娑拟碧鸡。精彩十分伴欲动，五更只欠一声啼。"诗中说鸡冠花红花绿叶、枝叶婆娑，恰如碧鸡，就差天明时分的一声啼鸣了。

有人说，名字很美的"后庭花"便是鸡冠花。《隋书》记载，南朝陈后主曾经写过一首歌，名《玉树后庭花》，令后宫美人学唱，歌词传下来两句："玉树后庭花，花开不复久。"歌词甚是不祥，果然没多久陈朝就覆灭了。

南宋王灼《碧鸡漫志》一书记载："吴蜀鸡冠花有一种小者，高不过五六寸，或红，或浅红，或白，或浅白，世目曰后庭花。"后人根据这个记载，便说陈后主的《玉树后庭花》之曲，唱的便是鸡冠花了。

据说《玉树后庭花》之歌曲调甚是哀怨。鸡冠花开在盛夏，颜色更是鲜艳夺目。鲜红的鸡冠花在烈日的暴晒下神采奕奕，很少会让人觉得伤感。伤感这种情绪常常伴随着时光流逝，有伤春的，有悲秋的，很少有惋惜夏天的。闺中少女凭栏对着白色秋海棠流泪，不难理解；君王看着一丛怒放的鲜红鸡冠花心生哀怨，却有点让人难以想象。

孟秋之月　七月

葵倾赤，玉簪搔头，紫薇浸月，木槿朝荣，蓼花红，菱花乃实。

——明·程羽文《花月令》

颜色
出炉银

葵倾赤

"葵"在清代以前，多指蜀葵或黄蜀葵。蜀葵花色多变，有深红、浅红、紫、白、墨紫、深浅桃红、墨黑、靛蓝等等，变幻莫测，花形又有单瓣、复瓣、重瓣、五心、重台、剪绒、锯口、细瓣、圆瓣等等，园艺品种数不胜数。黄蜀葵只有黄色一种，因此得名，并不是黄色的蜀葵。

蜀葵是二年生草本植物，植株枯死后，第二年春天根部会重新长出侧枝，春末时长到一人高，夏初即开花，一直开到夏末八月。司马光《客中初夏》诗云："更无柳絮因风起，惟有葵花向日倾。"他在初夏里看到的葵花，应是蜀葵。黄蜀葵七八月才开花，开到十月，因此又名秋葵。

黄蜀葵花为淡黄色，花瓣基部靠近花蕊的部位为深紫色，古人把这块紫色的色斑叫作赤。宋人薛朋龟《咏秋葵》诗云："黄存秋后色，赤抱日边心。""葵倾赤"，说的应是黄蜀葵。

黄蜀葵也叫黄葵，唐朝李涉《黄葵花》诗形容它是"新染鹅黄色未干"。它的花色比较淡，是鹅雏的嫩黄色；五瓣重叠，花形和宋代流行的斗笠碗很像；花朵硕大而下垂，总以侧面向人，因此又叫"侧金盏"。宋代姜特立的《侧金盏》云："浅浅娇黄向日开，枝头斜挂几金杯。"花色娇黄，花朵倾侧，向日而开，

黄蜀葵

元 谢楚芳

蜀葵

宋 佚名

正是黄蜀葵的特点。

　　黄蜀葵的黄色极淡雅，和道家的袍子颜色接近，唐宋文人便把它和女道士、女仙联系在了一起。

　　　　秋花最是黄葵好，天然嫩态迎秋早。染得道家衣，淡妆梳洗时。　晓来清露滴，一一金杯侧。插向绿云鬓，便随王母仙。（宋·晏殊《菩萨蛮》）

秋花、黄葵、道家衣、金杯侧，这首词几乎把黄蜀葵的所有关键词一网打尽。

除了秋葵、黄葵、侧金盏，黄蜀葵也被称作葵花，如刘敞《葵花》诗云："白露清风催八月，紫兰红叶共凄凉。黄花冷淡无人看，独自倾心向太阳。"

杜甫说"葵藿倾太阳，物性固难夺"，但葵倾日，最早说的是葵叶，再具体一点，是冬葵的叶子。"青青园中葵，朝露待日晞"，冬葵在古代是冬春两季的主要蔬菜，即西南地区至今仍在种植的冬寒菜。《左传》记载，孔子曾说："鲍庄子之知不如葵，葵犹能卫其足。"杜预注："葵倾叶向日，以蔽其根。"鲍庄子是齐灵公的大臣。庆克和齐灵公的母亲声孟子有私情，被鲍庄子发现。庆克羞惭，久不入宫。声孟子怀恨在心，趁机陷害鲍庄子有不臣之心。齐灵公一听，不问青红皂白便刖鲍庄子之足。因此孔子说鲍庄子的智慧还不如葵，葵还能卫护其足。

葵叶向日不是特例，植物为了能多受日照，最大程度进行光合作用，叶子会随着太阳的东升西落而左右转动，不独葵叶如此。但葵叶大，向日性肯定更为明显。

1510年，原产于北美洲的向日葵被西班牙探险家带到欧洲。一百年后，明朝刊印的《植品》中便有了关于它的记载："又有向日菊者，万历间西番僧携种入中国。干高七八尺至丈余，上作大花如盘，随日所向。花大开则盘重，不能复转。"比《植品》稍晚的《群芳谱》中把它叫作丈菊、西番菊、迎阳花。

唐朝韩偓有《黄蜀葵赋》，开篇就是"色配中央，心倾太阳"，这两句用来描写向日葵恰如其分，形容黄蜀葵倒觉得有点名不副实了。唐宋人大抵想不到几百年后向日葵会成为"葵花"一名的持有者，黄蜀葵则被彻底遗忘。

　　最初，北美印第安人把向日葵从野生转为栽培，是为了祭祀，因向日葵向日而转的特性是太阳崇拜的最好例证：连植物都崇拜太阳，可见太阳的伟大。

玉簪搔头

"玉簪搔头"是个典故,出自汉代刘歆所著《西京杂记》:"武帝过李夫人,就取玉簪搔头。自此后宫人搔头皆用玉,玉价倍贵焉。"汉武帝在李夫人处,忽觉头皮发痒,就用玉簪搔了搔。后宫之人有样学样,凡是头痒,也用玉簪挠痒痒,一时间玉价贵了不少。

久而久之,簪子又被叫作搔头,而用玉做的簪子就是玉搔头了。白居易《长恨歌》云:"花钿委地无人收,翠翘金雀玉搔头。"杨贵妃被赐死,发髻上的装饰物掉了一地,其中就有玉做的簪子。

《花月令》里的"玉簪搔头"说的是玉簪花。其花未开之时,花苞细长如翎管,花头膨大,尾端渐尖,像一支束发的簪子;花多为白色,润洁似玉,故名玉簪。

玉簪花又名白萼。这个名字十分恰当,花未全开为萼,而玉簪花未开时更有意境。

光是美名,还不足以说尽它的惹人喜爱。古人咏玉簪花道:"宴罢瑶池阿母家,嫩琼飞上紫云车。玉簪堕地无人拾,化作东南第一花。"诗中说它是仙女醉酒后落入人间的一支发簪,是仙家遗物,可见玉簪花的清雅脱俗、卓尔不群。

白鹤花也是玉簪的别名,用鹤翎白羽形容其花瓣洁白。鹤是吉祥仙鸟,仙人所乘,这个名字也在暗示玉簪是仙家之物。

玉簪长得像闺阁饰物，其花筒也为女子所用。《花镜》中有如下文字："取将开玉簪，装铅粉在内，以线缚其口令干，妇人用以傅面，经宿尚香。"这是清初的书，记载的是当时的生活习俗。曹雪芹写《红楼梦》时，索性把这种做法细细铺陈了一番，写出一段极香艳的文字。

第四十四回，平儿挨了凤姐和贾琏的打，气得哭了。李纨向来与她交好，拉了她避开那两个活阎王到了大观园中。宝玉请她进了怡红院，又请她洗脸化妆：

> 宝玉忙走至妆台前，将一个宣窑磁盒揭开，里面盛着一排十根玉簪花棒儿，拈了一根，递与平儿，又笑说道："这不是铅粉，这是紫茉莉花种研碎了，对上料制的。"平儿倒在掌上看时，果见轻白红香，四样俱美，扑在面上也容易匀净，且能润泽，不像别的粉涩滞。

把将开的玉簪花摘下，末端自然就有了一个小口，再把加料调制好的粉放进这个花筒内，用线束口，既不漏，又有玉簪花的香味。敷的粉是花种子里的粉，装粉的容器是未开的花，何等香艳旖旎。

类似的做法，明代就有。据《崇祯宫词注》，明宫中收紫茉莉花种，去壳研细蒸熟，名"珍珠粉"；采未开的玉簪花苞，剪去其蒂，把民间所用粉装进去蒸熟，名"玉簪粉"。

白而香的花一向为国人所喜。"酒成碧后方堪饮，花到白来元自香"，这是古人咏玉簪花的诗。用玉簪花筒装粉，是用花香熏粉，密封在瓷盒里，气味不会散失，香而持久。

玉簪花可食，明高濂《遵生八笺》中有关于怎么吃玉簪的记载："采半开蕊，分作二片或四片，拖面煎食。若少加盐、白糖，入面调匀拖之，味甚香美。"在甜食里加少许盐，可以起到提味的作用。《花镜》里也是这么做的："其花瓣入少糖霜煎食，香美可口。"

我试过用糖渍玉簪花代茶饮。采下新鲜玉簪花苞，洗净拭干水分，放进容器里撒上糖，盖上盖，放进冰箱冷藏室。半天后取出来，打开盖子一闻，清香扑鼻。玉簪本身所含的香氛都被玻璃瓶子密封住了，又被糖催发，愈加馥郁，却仍是玉簪的清香。用糖渍玉簪花泡茶喝，加冰块，清洌芬芳，甜香宜人。

玉簪为多年生宿根植物，开花在夏季，但从春三月起，它的新生绿叶就是足可玩赏的案头清供。书房里放一盆碧绿秀雅的玉簪，青翠的叶片可一慰疲累的双目。它除了有仕女的清秀，还有文人的雅致，宜闺阁，宜书斋，有淡雅宜人的诗意。

玉簪也可作为地被植物，种在林下。大树密林底下不见阳光，久之成为秃地，十分碍眼，要装饰就要选择耐阴植物。玉簪恰好可满足这个要求。玉簪叶大，青绿可人，三四月间即发芽，不过半个月，林下即青郁郁一片。西方园艺界培育出很多玉簪品种，选育的方向便是以观赏叶片为主，有金色的、淡绿色的、深碧色的，柳叶的、圆叶的，不一而足。这些玉簪都叶片光洁，条纹整齐，赏心悦目。

紫薇浸月

花无百日红,好好的花,开在枝头,一日正好,二日正红,三日就离枝飘落了。惋惜花的飘落,最终还是叹息时光易逝、青春易老,只不过把对人生和生命的感叹移植到了花上。不是东风无情,就是落红不恋,说到底,是"最是人间留不住,朱颜辞镜花辞树"。

但紫薇是个例外,它发芽很迟,四月才发新叶,几乎才长好叶,就开花了,从六月一直开到十月,足足能开上一百天,开过一个夏季。所以,紫薇有个别名叫百日红。在全年最热的少花季节,大型的树花也就数紫薇了。

紫薇花色甚多,有淡紫、粉白、玫红、蓝紫等等。因此根据花色,紫薇又分为紫薇、翠薇、赤薇、银薇。开白色花的就叫银薇,红花的是赤薇,紫花的才是名副其实的紫薇,而其中尤以蓝紫花的最为名贵,叫作翠薇。

这么多颜色,为啥统称是紫薇而不是银薇、翠薇呢?何况古人认为朱为正色,紫为间色,孔子还有"恶紫之夺朱"之说呢。但在后世,紫色一点不低贱。《列异传》载:"老子西游,关令尹喜望见有紫气浮关,而老子果乘青牛而过。"从那以后,紫色就成为道家尊崇的颜色。而到了唐宋以后,"满朝朱紫贵,尽是

紫薇

宋 卫昇

读书人"。上元元年（674），唐高宗颁布敕令，规定三品以上的官员才能穿紫，紫色成为高贵的象征。紫薇取紫色为正名，正是符合了当时尊崇紫色的潮流。

杨万里有诗写紫薇花："似痴如醉弱还佳，露压风欺分外斜。谁道花无红百日，紫薇长放半年花。"因此紫薇还有个别名，叫百日红。又因其花繁艳，也叫满堂红。紫薇的树皮易脱落，树干光滑，挠一挠光皮树干，花就抖索一阵，于是又叫痒痒树。

写紫薇花最有名的，是白居易。

丝纶阁下文书静，钟鼓楼中刻漏长。独坐黄昏谁是伴，紫薇花对紫微郎。（唐·白居易《直中书省》）

他自从做了江州司马，就有点情绪不佳，说人家那里绕宅唯有黄芦苦竹，山歌村笛也不中听。不料时来运转，皇帝召他回到首都长安，让他做中书舍人，办公室就在中书省。开元元年（713），中书省改称紫微省，中书令叫紫微令，中书舍人被称作紫微郎。因此这一句"紫薇花对紫微郎"，就再恰当不过了。他从长江边上潮湿的小城，回到政治文化中心京城，坐在丝纶阁下，草拟官样文章累了，抬头一看满院的紫薇花，想来心里是很得意的。

陆游有《紫薇》一诗："钟鼓楼前官样花，谁令流落到天涯。少年妄想今除尽，但爱清樽浸晚霞。"陆游诗的意境与白居易的截然相反。白居易写诗的时候志得意满：夏天黄昏微风拂来，紫薇花飘了一地。经过长长的午后时光，鸟倦蝉静，只有紫薇花与他做伴。而在陆游的诗里，昔日中书省院里的紫薇花开在乡村野店，少年时的名利心已淡去，如今在这偏远之地，晚霞连天，薄酒一杯，对花而酌。一片淡泊天然之心，再无半分烟火气。

至于"紫薇浸月"，并不是取陆游的诗意，乃是出自南宋洪咨夔的《直玉堂作》一诗：

禁门深锁寂无哗，浓墨淋漓两相麻。唱彻五更天未晓，一墀月浸紫薇花。

他在宫中值班，写了一夜的公文，到了五更天的时候，鸡已经叫了，但天还没亮，只见丹墀旁紫薇花盛开，浸在月色之中。这个场景甚是幽谧，诗中还有一股子得意劲儿。想象一下当时的月色，如果丹墀边的是银薇、翠薇则更佳了。这样的颜色，才配得上溶溶的月光。

木槿朝荣

《礼记·月令》中说仲夏之月"木堇荣",木堇即木槿,是夏花的代表。早在先秦时期,木槿就以美丽引起注目,当时它又叫"舜"。《诗经·郑风·有女同车》里写道:"有女同车,颜如舜华。""舜"有"瞬"之意,木槿花朝开暮落,转瞬即逝,因此又叫"朝开暮落花"。

夏日清晨,木槿花带着露水,伴着初升的太阳绽放。它的美丽和灿烂,让人忽略了它的短暂。木槿花并不令人伤感。

有的花枯萎了,仍留在枝头。但花开残而不落,其实是一件很煞风景的事。是花都要谢,伤感也伤感不过来,只是在赏花时老是看见青枝绿叶间有枯干的花,难免心头不乐。而木槿开一朵落一朵,枝上总是新花嫩蕊,看上去欣欣向荣。因此它虽是"朝开暮落花",却让人看了不丧气,朝花夕拾,也欢欣洋溢,没有颓废之气。

也许是因为夏天太阳曝晒,空气炙热,苦暑难熬,从古到今,人们对木槿花的易谢并没有那么多的惆怅情绪,不像对着春花那样伤怀,有写不完的伤春诗、填不完的挽春词。

木槿又名篱障花,枝条可编篱笆。用木槿编织的篱笆,叫"槿篱"。木槿是丛生灌木,枝条长而柔软,不需要像竹子那样砍来

木槿

清　居廉

截短了编成篱笆,而是密密地种成一排,枝条长成之后相互交叉,编成活篱;夏天满篱绿叶,红花朵朵;两三年后便密密实实,风透不进,猫狗难钻。

"水绕陂田竹绕篱,榆钱落尽槿花稀。"这是北宋诗人张舜民《村居》中的诗句,写尽乡村风光。木槿是乡土树种,是最常见的植物之一。城市乡村,田间地头,宅前屋后,有空地就多半会有木槿;单瓣者居多,三五株成一丛,从初夏,一直开到秋十月。

木槿花大而多,花期长,经过多年的栽培,品种繁多。单瓣者有纯白、白花红心、蓝、粉红、红等品种;重瓣或半重瓣者有纯白、粉花红心、紫红等品种。木槿花的花瓣薄而有光泽,在太阳照射

下,闪闪发光,就像丝绸做成的绢花,因此好些品种名都用了"绸"字:白绸、中国薄绸、薰衣草薄绸等。有一个少见的蓝紫色花品种,有个好听的名字叫"蓝色知更鸟",简称"蓝鸟"木槿。

木槿的叶子和树皮可以洗头沐发,据说能令头发乌黑柔顺,还能去屑止痒。木槿叶含皂苷,采下放在水里用力搓洗几下,就会有黏滑的汁液,正是去污涤垢的佳品。

木槿早上开花,晚上坠落,狼藉一地。如此佳物,变作泥土何等可惜!如果屋前屋后正好有几株木槿,那么不妨在清晨采下将开未开的花苞,摘掉花萼,去掉花蕊,清洗干净,可以用来炒蛋,也可以面拖油煎,佐小米绿豆粥。新煮好的粥加木槿花煮开,就是饭花汤,滑溜溜一大碗,吃时加盐加糖都可以。

蓼花红

在中国古代，蓼非指一种，很多植物都可以被称为蓼。《花镜》里的"蓼花"下一共列出了七种蓼：朱蓼（红蓼）、青蓼（春蓼）、紫蓼（蚕茧草）、香蓼、木蓼（竹节蓼）、水蓼、马蓼（长鬃蓼）。书中说："若青蓼、香蓼，可取为蔬，以备五辛盘之用。至于马蓼、水蓼，止可为造酒曲中所需，并入药用。"

《花镜》中说的"五辛盘"，便是立春之日必备的"春盘"。苏东坡《浣溪沙》词曰："雪沫乳花浮午盏，蓼茸蒿笋试春盘。人间有味是清欢。""蓼茸"就是蓼芽。《本草纲目》里说："元旦立春，以葱、蒜、韭、蓼、蒿、芥辛嫩之菜杂和食之，取迎新之义，谓之五辛盘。"但明代已经不吃蓼了，李时珍说："古人种蓼为蔬，收子入药……后世饮食不用，人亦不复栽，惟造酒曲者用其汁耳。"至于当下，恐怕没多少人能想到野草闲花曾是餐桌上的主角。

蓼作为蔬菜在上古时期重要到什么程度呢？据《礼记》记载，周代的时候，烹煮整个的鸡、豚、鱼、鳖，腹中都要填塞蓼叶；烹饪猪肉，春天要用韭，秋天要用蓼。

葱、芥、韭等到现在还是厨房常客，蓼却退出了历史舞台。估计这和外来蔬菜进入中国有关，口味更新奇的蔬菜输入之后，自然要淘汰一些旧的作物。像川人嗜辣，如今多用辣椒——川人呼为海椒，言其为自海外来的椒类。但在清代之前，川人烹鱼还

在用水蓼叶。至今,调制吃豆花用的蘸水,或者做鱼的时候,四川有些地方还爱用水蓼叶。《花镜》中说青蓼、香蓼为蔬,马蓼、水蓼造酒曲,但实际上,水蓼更为辛辣,也就更受欢迎。水蓼一名水辣蓼,又名水胡椒、红辣蓼,从名字就可见其辛辣程度。

苏轼也说过蓼味"辛苦":"少年辛苦真食蓼,老景清闲如啖蔗。"吃甘蔗的比喻,出自东晋顾恺之食甘蔗"渐入佳境"的典故,而前一句"少年辛苦真食蓼",同样有其典故。

古人发现,蓼花虽小,蓼叶虽苦,上面却有虫子。本来叶上有虫是一件让人烦恼的事,搁如今得打农药,但古人不这么认为。东方朔《七谏·怨世》曰:"桂蠹不知所淹留兮,蓼虫不知徙乎葵菜。"这话的意思是,桂树里的虫子不知道桂树的芳香,蓼叶上的虫子不知道要搬迁到葵菜上去。蓼叶苦而葵叶肥润甘滑,蓼虫却宁愿处辛烈而食苦恶。鲍照《代放歌行》曾用此典:"蓼虫避葵堇,习苦不言非。"蓼虫在他们的笔下颇有寒蝉之气节,宁可居于苦恶之地,也不愿迁往肥腴之所。蓼虫经过这么一番渲染,已经不可厌了,而是清高孤洁的象征。

水蓼花小色淡,作为景观植物不如朱蓼、紫蓼。薛宝钗咏菊诗云:"怅望西风抱闷思,蓼红苇白断肠时。"蓼花红苇花白,正是秋天的景象。在古诗里,秋天多是萧索的。春恨秋愁,春是花自飘零水自流,秋就是蓼烟苇风总断肠。还是陆游好,一句"数枝红蓼醉清秋",秋景堪醉,不是那么消沉。

蓼的品种虽多,蓼花却相似,只要认识一种蓼花,触类旁通,一看其形,便知是蓼类了。蓼花多是穗状花序,一朵花虽小,但一枝花就颇为可观了。因此花开时,泽边水畔连绵成片。"秋波红蓼水,夕照青芜岸",也是很美的景色。

菱花乃实

有的植物以花取胜,有的则以果著名。比如海棠和苹果亲缘关系很近,海棠是赏花,苹果就是品果了。"四顾山光接水光,凭栏十里芰荷香",芰即菱,一向与荷并称。但芰花几乎无人写画,入画的都是菱叶、菱角。

菱夏末秋初开花,花白色或淡红色;果实为坚果,多有角状突起,通称菱角,也叫芰实。

说起来,最常见的就是水红菱了。民歌有《采红菱》,现在流传最广的是由百代公司出品的版本,姚敏先生作曲,陈蝶衣先生作词:"我们俩划着船儿采红菱呀采红菱,嘚呀嘚郎有情,嘚呀嘚妹有心。就好像两角菱,从来不分离呀,我俩一条心。"但这是经过整理加工后的情歌了,原始版本更像是姐妹采菱的劳动号子:"我们俩划着船儿采红菱呀采红菱,姐姐她多开心,妹妹她多高兴。就好像两角菱,同根生呀,我俩一条心。"

采菱,从来是姐妹或姑嫂的劳作。清代王龄著《於越先贤传》里有任熊画的绣像插图,有一幅曰"宋陈氏三女"。画中三个女子面带笑容,坐在三只大木盆里,四周水面全是菱叶,盆里也有菱叶,正是一幅姐妹采菱图。

我老家溧阳盛产红菱。我母亲曾说她小时候和姐姐一起采过

清 马元驭

菱。采菱有专门的采菱盆，划菱盆曰"踩"。"踩"菱盆需要一点技巧，头两回很难掌握。采菱盆似旧时木脚盆而略大，比澡盆略小，人屈膝坐一边，另一边放采上来的菱叶菱角。菱很好采，菱叶浮在水面，拎起就能看到一串红菱。

我老家有两种红菱，一种大，长两三寸，煮食生食俱可；一种小不盈寸，便是文震亨《长物志》中说的"野菱"，壳坚角利，生剥无处下手，需要用刀剁开煮熟，挤食。这东西不值钱，秋来每家都可买上许多，煮一大盆放在桌上，任儿童取食。

菱花不出挑，引人注目的是菱的叶子。所谓"菱形"，就是从菱叶的形状而来。我们形容一片叶子的形状，多半会说长卵形、披针形、戟形等，那是借物喻形；而菱叶，就是菱形，只是稍圆一点而已。菱浮于水面，先后长出的菱形叶片会一枚一枚旋叠状镶嵌排列，形成莲座状的菱盘，平铺开来，变成一大片。菱叶绝对不会像睡莲的叶片那样重叠起来，它们非常有秩序，从叶片的形状到排列，都呈现出一种几何图案的美丽来。

《花镜》中说："一种最小而四角有刺者曰刺菱。花紫色，人曝其实，以为菱米，可以点茶。"看这段文字，不禁感慨过去的人实在是会过日子，花样百出。我们吃壳坚角利的野菱，不过是煮熟之后硬剁开来，挖出一点菱粉来吃，吃相难看。而人家却是晒作"菱米"，点茶而食，何等风雅高妙。

仲秋之月　八月

槐花黄，桂香飘，断肠始娇，
白蘋开，金钱夜落，丁香紫。
　　　　　　——明·程羽文《花月令》

颜色
芦花

槐花黄

槐树从七月下旬起开花，可一直开到秋后。此时高槐之上，蝉声鸣唱，终日不歇。唐朝元稹有诗云："寂寞此心新雨后，槐花高树晚蝉声。"

"槐花黄，举子忙"，此谚起自唐代。唐代长安举子，自六月以后，落第者不出京回家，多借静坊庙院及闲宅居住，习业作文，直到当年七月再献上新做的文章，谓之过夏。时逢槐花正黄，因有此语。

元代贾仲明的杂剧《玉壶春》中，书生李唐斌（号玉壶生）清明时节出城游玩，遇见妓家李素兰，两人一见倾心。李唐斌跟随李素兰回家，一住就是一年多。老鸨嫌他白吃饭不给钱，要另招恩客，骂道："'槐花黄，举子忙'，你不去求官，则管里恋着我的女孩儿做甚么？"李唐斌唱曰："我为恋着春风兰芷娇容放，嗨，早忘了秋日槐花举子忙。"

古人说的槐，现称国槐，这是为了和刺槐区分开来。刺槐也称洋槐，原产北美，17世纪传入欧洲，18世纪末由欧洲人引入中国青岛，19世纪后遍植中国各地。刺槐花穗有些像紫藤，长可达半尺有余，一串串下垂，花朵白中微微带点粉绿，香气馥郁。五月开花时，半个城市都浸在刺槐花的香气里。五月槐花香，槐花

槐

《梅园百花画谱》

几乎成了春末的象征。人们几乎忘了槐花曾和蝉声一起，组成夏秋风情。

国槐花几乎没什么香味，反而会因蜜腺招来蚜虫；蚜虫的分泌物从花瓣上掉落，又会引来蚂蚁。如果用国槐做行道树，鞋子踩踏、自行车骑过，人行道上黏糊糊一片。从观赏的角度讲，国槐不如刺槐。国槐的优点是树形高大、树荫浓密、树龄长。

百余年的古槐常有。黄梅戏《天仙配》中，七仙女下凡，欲和凡间男子董永结为夫妇；董永推说无媒不能成婚，七仙女便请道旁的老槐树化身为媒人。官道之旁，杂树丛生，七仙女挑老槐树为媒，也许是因为老槐树的树干上有人面状树瘿。

槐字中有"鬼"，有人认为不祥。但在古代，"三槐"是富贵的象征。相传周代宫廷外种有三棵槐树，三公朝天子时，面向三槐而立。北宋王旦相貌丑陋，脸鼻偏而喉突起，有华山老道见此异相，预言说他日后必大贵。他父亲王祐深信不疑，在门前种了三棵槐树，说"吾子孙必有为三公者"。后来王旦果然位居宰相。苏轼为王氏三槐堂题写了铭文，说："郁郁三槐，惟德之符。"

刺槐花可食：去其花梗，清洗干净，和上面粉，上笼蒸熟，拌上蒜泥味汁。此外，刺槐花还可以做馅，制成蒸饺、煎饼、包子等，吃法甚多。

国槐花不可食，花苞晒干后称槐米，可泡茶，可做黄色染料。但槐叶可食，明末徐光启《农政全书》中说，槐的初生嫩芽，可焯熟，泡去苦味，用姜醋拌食。

在古代，槐叶入馔，最有名的是槐叶冷淘，简称槐淘。冷淘，就是过水面。杜甫有《槐叶冷淘》诗：

青青高槐叶，采掇付中厨。新面来近市，汁滓宛相俱。入鼎资过熟，加餐愁欲无。碧鲜俱照箸，香饭兼苞芦。经齿冷于雪，劝人投此珠。

诗写得很细致。由诗可知，唐人做槐淘的过程大概是这样的：采下槐叶，捣汁；新打的麦子新磨的面，和上槐叶汁，揉成面团；将面团擀开，切成面条，煮熟捞出，过凉水；将凉面盛入碗中，加料调和。面对这样一碗绿莹莹、凉津津的槐叶冷淘，配上香饭和芦芽（苞芦），夏天再没胃口，也能吃下一大碗。

槐叶冷淘的流传时间蛮长，宋人也喜欢。美食家苏轼有一首诗写到槐叶冷淘，诗名为《二月十九日，携白酒鲈鱼过詹使君，食槐叶冷淘》。他带着白酒鲈鱼，去拜访詹使君，詹使君做了槐叶冷淘款待他。他吃得很满意，写诗道："青浮卵碗槐芽饼，红点冰盘藿叶鱼。""饼"就是面条。青绿的面条卧在圆碗里，生切的鲈鱼脍带点红色，底下垫着冰，还有藿香叶去腥增香。

作为苏门弟子，黄庭坚也写过槐叶冷淘："南都拨心面，作槐芽温淘，糁以襄邑抹猪。"他吃槐芽面，要用襄邑抹猪作浇头。传说著名的东坡肉就是从襄邑抹猪演变而来的。那个时候，还没有东坡肉这个名字呢。

桂香飘

桂有四种：金桂、银桂、丹桂、四季桂。这是民间通用的、常识性的、非科学系统的、非植物学范畴的分法。植物学里，中文正式名为木樨，桂花是通称。

这四种里，金桂最香。上海植物园有桂花园，植有几千株桂，初秋时节，满园金黄，香气四溢。丹桂最易辨认，花朵为橘红色，与金桂的颜色有着非常明显的区别。而金桂和银桂就难辨一点，颜色十分浅淡近于白色的桂花少之又少。

而对这四个常用的名称，《中国植物志》是这样解释的："经观察，花色的变化是因开花时间而不同，同一植株上的花有白色、淡黄色和黄色，纯白色的属初开的花，即将凋落的花呈黄色。"

我曾经仔细观察过一朵桂花的开花过程，从初开到谢，只有四天。第一天香已放，第二天花瓣展，第三天香渐逝，第四天花即焦。初时如珠似粟，点点金黄，缀于不到一厘米长的细柔花梗末端，十几朵为一团，簇生于枝干之上、绿叶之中，娇弱可爱。

因此，第二天的桂花是最美丽的，花形完整，花香浓烈，色香俱佳，饱满精神。如果说第一天的桂花菁荚是粒粒金粟，那么第二天的桂花便如旧时女子额头上的金箔花钿。

中秋赏月时插一瓶桂花，闻着身边的桂花香，抬头看青天之

上的那一轮圆月,兔魄桂影双双在望,夜凉如水,月华如银,少不了要吟一句"举杯邀明月,对影成三人"。此情此景,是很可以讲一下桂花的。"桂子月中落,天香云外飘",我曾经以为这句诗写的就是桂花树,开四瓣小花,颜色金黄,香飘万里。但李时珍《本草纲目》"天竺桂"篇中说:"此即闽、粤、浙中山桂也,而台州天竺最多,故名。大树繁花,结实如莲子状。天竺僧人称为月桂是矣。"天竺桂是樟科樟属植物,与木樨科木樨属的桂花全不相干。

李白的《送崔十二游天竺寺》中也有桂子:"每年海树霜,桂子落秋月。"戎昱《中秋夜登楼望月寄人》中也有"初惊桂子从天落,稍误芦花带雪平"之句。在他们的笔下,中秋夜赏的都是桂子,这些桂子是从月中桂树上落下的。

先不论月中是否有桂,单从赏桂子这一点来看,月中之桂似乎与木樨科桂花没什么关系。木樨科桂花结子在次年三月,中秋夜落的桂子,倒真有可能是天竺桂。天竺桂花期四五月,果期七到九月,中秋节正可以赏果。白居易说"山寺月中寻桂子,郡亭枕上看潮头",看潮和寻桂并列,是中秋时节的赏心乐事。

唐冯贽《南部烟花记》记载,陈后主为贵妃张丽华造桂宫于光昭殿后,让她在宫中玩角色扮演扮嫦娥,道具十分到位:有圆门如月,障以水晶;后庭设素屏拟云;庭中空无他物,唯有桂树团团,树下置药杵臼,驯一白兔。而美人如仙子,时缓步,时踯躅,时伫立,玉容寂寞无限恨,碧海青天夜夜心。后主望之,焉能不爱?

就是不知,这桂宫中的桂树,究竟是哪一种呢?

断肠始娇

"断肠娇"说的是断肠花，即秋海棠。此花花色粉红，娇美堪怜，有点像垂丝海棠，因开在秋天，便得名秋海棠。而之所以叫断肠花，《采兰杂志》中说："昔有妇人怀人不见，恒洒泪于北墙之下。后洒处生草，其花甚媚，色如妇面。其叶正绿反红。秋开，名曰断肠花，即今秋海棠也。"（《广群芳谱》引）

秋海棠得名断肠花，还有个原因。它在民间有个俗名，叫竹节海棠，这是形容它的茎节节相续，就像竹竿，又甚脆易折，让人联想到愁肠易断。秋海棠叶子正面绿，背面红，上有红丝乱纹，又让人想到相思血，于是又得名相思草、愁妇草、孀草等。

"断肠娇"，"娇"是说这花娇弱堪怜，就像个弱不禁风的病西施，受不得狂风暴雨的摧残。秋海棠是很常见的家庭盆栽花卉，有的品种如四季秋海棠（简称四季海棠），春天的时候掐一带节小枝往土里一插就能活。但之后的养护是个难题。

在六月的梅雨季节里，四季海棠那翠茎绿叶粉瓣鹅黄蕊正娇美之时，如果连下三天的雨，盆里积水，植株马上就有根烂叶凋之虞，救都救不回来。它的肉质茎中空，容易积涝。除了怕涝，它还怕晒，七月的大太阳一晒，马上就枯了。正是雨也不好，晴也不好，真正娇贵难养。

秋海棠还有一个名字叫八月春，一听这名就知道它是秋季花了。秋海棠花多为粉色，质柔脆，色娇艳。八月入秋后，开花草木渐少，秋海棠可以连续开上一两个月，尤为难得，是以庭院里常种。《花镜》中评秋海棠为"秋色中第一"。

明朝宫廷在中秋之后要赏秋海棠。《酌中志》上载："八月宫中赏秋海棠、玉簪花……蟹始肥。凡宫眷内臣吃蟹，活洗净，蒸熟，五六成群，攒坐共食，嬉嬉笑笑。自揭脐盖，细将指甲挑剔，蘸醋蒜以佐酒。或剔蟹胸骨，八路完整如蝴蝶式者，以示巧焉。食毕，饮苏叶汤，用苏叶等件洗手，为盛会也。"这一段文字铺陈开来，就是《红楼梦》中最热闹的"秋爽斋偶结海棠社"和"薛蘅芜讽和螃蟹咏"。

先赏秋海棠，后食螃蟹宴，顺序和《酌中志》中写的一样。明宫中吃完蟹，把蟹壳拼成蝴蝶形以斗巧，《红楼梦》里则是写诗来逗才；明宫中食蟹之后要饮紫苏叶煎的苏叶汤，《红楼梦》中黛玉觉得心口痛，饮的是合欢花浸的酒；明宫中是用紫苏叶洗手去腥，《红楼梦》里是用"菊花叶儿桂花蕊熏的绿豆面子"洗手。

后文中，刘姥姥来了，贾母留她住几日再家去。一众人吃过酒肉，在园子里散步，顺路去了栊翠庵，妙玉捧了一个"海棠花式雕漆填金云龙献寿的小茶盘"来给贾母敬茶。"海棠花式"也是常见的古典图案，四个半圆形花瓣组合为十字形，两头稍长，中间略扁，多用于茶盘、香几、攒盒、花盆、窗格等物。

妙玉那里各种古董宝贝很多，作者写她捧出一个海棠花式的茶盘，也是呼应季节。这是四十一回的故事，还在八月底。到四十四回"变生不测凤姐泼醋，喜出望外平儿理妆"，时间到了九月初二（凤姐生日）。宝玉给平儿化妆，用的是玉簪花棒装的香粉。秋海棠和玉簪花都出现了，这两样正是秋季的代表性花卉。

白蘋开

白蘋,秋来开白花。花开时,八月将尽,秋水渐冷,北雁南飞;芦花已白,蓼花尽红;风景萧索,好日无多。这种种景象,都有一种中国式的伤春悲秋的意境。

伤春还好,到底有点为赋新词强说愁的感觉。无计留春不要紧,"梅子流酸溅齿牙,芭蕉分绿上窗纱",夏日即将来到,浮瓜沉李也别有一番情趣。但悲秋的情怀却是真的沉郁,秋风一起,一年又过,空令岁月蹉跎,有一种惆怅和惭愧的心情在噬咬着内心,这一年什么都没干,时光就从眼前流过。站在江边凭栏而望,不免长叹一声:逝者如斯夫。

这种种愁绪,汇聚到江汀河洲的小小花朵上,千言万语变成一个词:白蘋。在古老的中国文学中,每一个词都有特定的含义。白蘋不只是一种植物,更是一种与上述所有情感有关的事物。白蘋是与杨柳芍药一样带了离别伤感的象征之物,看到它就会联想起与此有关的所有情绪。从南北朝柳恽的"汀洲采白蘋"到唐朝温庭筠的"肠断白蘋洲",从西蜀薛涛的"唱到白蘋洲畔曲"到北宋寇准的"蘋满汀洲人未归"等等,与白蘋相关的诗词,透露的是一样的落寞情怀。

但是白蘋到底是什么呢?吴其濬《植物名实图考》是这样描

水鳖

《梅园百花画谱》

述的:"四叶合成一叶,如田字形。或以其开小白花,因呼白蘋。"书中配有插图,画的是田字草。

田字草生长浅水中,池塘浅沼的水面上常能见到。小叶为倒三角形,四小叶合成一叶,恰好组成一个田字。整个叶片的形状为方中带圆,因此俗名又叫"破铜钱"。但田字草乃是蕨类植物,用孢子繁殖,没有花,不结果,通体绿色,如何会开白花呢?

在《本草纲目》里,李时珍收集了前人所有关于蘋的文字细加分析。其中,唐代苏恭之说:"萍有三种:大者名蘋,中者名荇,叶皆相似而圆;其小者,即水上浮萍也。"似乎在古人眼里,凡是漂浮在水面上的小型圆叶或心形叶的浮水植物都可以称作萍,莼菜、荇菜、萍蓬草、田字草、槐叶萍、浮萍、满江红……甚至杨花柳絮入水都化为萍。

李时珍又列举了众家学说,仿佛听到一群古人在对着几棵水草七嘴八舌吵个不停，谁也说服不了谁。末了他说：

> 其叶径一二寸，有一缺而形圆如马蹄者，莼也；似莼而稍尖长者，荇也……四叶合成一叶，如田字形者，蘋也。

他颇为自得，觉得得到了一个标准答案，按叶的形状大小和花的颜色，把几种植物分辨得清清楚楚。但是田字草不开花这一点，他却没有注意到。

他罗列了这么多名家之说，却独独忽略了唐朝陈藏器《本草拾遗》里的说法："蘋叶圆，阔寸许，叶下有一点如水沫，一名芣菜。"按文中的描述，圆叶，叶片背面有水泡，在夏秋间开白花，满足这三个条件的就只有水鳖了。为了求证，我翻了很多古代植物书，都没有定论，只在《辞源》中"白蘋"一词下看到这样的解释："一种水中浮草，即马尿花。"

马尿花是俗称，正式名是水鳖，为水鳖科水鳖属浮水草本植物；叶片为心形或圆形，背面有气囊，可使整棵植株浮于水面；夏秋开小白花；别名水白、水苏、芣菜、水旋覆等。水鳖嫩叶可食。《诗经·召南·采蘋》云："于以采蘋？南涧之滨。"采的是芣菜，人可食；如果采的是田字草，只能喂鸭子鹅儿。

有些东西，知道名称就可以了，不能深究。当你吟着"十载芳洲抚白蘋"之时，想到那就是一株马尿花或水鳖，岂不诗意尽失？当它叫作白蘋的时候，看那清水静流之上，绿色的心形叶片连绵成片，一朵朵白色三瓣小花挺于叶面，秋阳斜射其上，花朵闪闪生辉，想着秋日将尽，严冬掩至，确实会生出"南去北来休便休，白蘋吹尽楚江秋"之感来。

金钱始落

"金钱始落"说的是金钱花。其花颜色鲜红,艳如胭脂。这花在正午时分开,所以正式名叫午时花;一开便开到深夜,为子时,因此又名子午花;种花的人看到昨天还在枝头的花,一早就落满一地,像铺了一层金钱,因此又叫它夜落金钱。"金钱"说的是花的形状:五瓣重叠,浑圆如钱。

这花是外来物种,但进入中国的时间很早。唐段成式《酉阳杂俎》记载:"金钱花,一云本出外国,梁大同二年进来中土。梁时,荆州掾属双陆,赌金钱,钱尽,以金钱花相足,鱼弘谓得花胜得钱。"看来那时候金钱花很难得,可以用来抵赌资。

夜落金钱原产印度,唐朝那时候又叫它毗尸沙花,一听就很印度风。《酉阳杂俎》里关于金钱花还有一条:"卫公言,金钱花损眼。"卫公,即卫国公李德裕,是唐武宗时期的宰相。他在洛阳营建的别业名叫平泉庄,十分有名。五代张洎的《贾氏谭录》中提到过平泉庄:"台榭百余所,天下奇花异草、珍松怪石,靡不毕具。"既然平泉庄收罗了天下奇花异草,有夜落金钱就一点不稀奇了。

花名金钱,自然会让人想到真正的钱。唐皮日休《金钱花》诗云:"阴阳为炭地为炉,铸出金钱不用模。"过去的钱都是用铜铸成,

午时花

明　朱瞻基

要入炉烧炭，熔化倒模，花费几多力气；而金钱花则什么都不需要，地为炉，阴阳为炭，造化为工，省却多少物力。

金钱花又名润笔花，出自《花史》：

> 郑荣尝作金钱花诗，未就，梦一红裳女子掷钱与之曰："为君润笔。"及觉，探怀中，得花数朵，遂戏呼为润笔花。

做梦梦见美人梦见花都不算什么，难得的是梦醒了居然从怀里摸得出几朵金钱花来，正好和梦境相映照。

《花镜》里也收录了金钱花，但已经更名为夜落金钱，并说，在当时，金钱花随处可见，一点儿不稀奇。可是现在，这种花反而种得少了。我小时候在花盆里种过几株，确实娟秀可爱，早起见花落一地，也曾拾起来夹在书中。人谓朝花夕拾，有珍惜之意；此花夜落朝拾，又恰是秋风凋叶之时，更觉光阴难买。

丁香紫

除了程羽文,再没有其他人把丁香看作秋花。丁香是标准的春季花卉。不过,有一种名叫巧玲花的丁香类植物,会在春天之后第二次开花。今年八月,我在西安植物园见到巧玲花开,想起《花月令》中的八月丁香紫,不禁一笑。

丁香花形很秀气,有长长的花筒,有着明显的木樨科花卉的特点,四瓣花,完全开放后呈碟状,从侧面看,就像一枚长长的钉子。花有香气,花形如钉,叫丁香再准确不过了。

而它的别名"百结"也很有意思。丁香花未开时,花苞顶端四瓣合拢,花苞突出如纽,加上后部的长花筒,就像用细带打结而成的一字扣——中式衣裳中的长袍马褂和旗袍都要用到的必需品。

这结结在春雨里,满树的结,何止百结千结。而这结又恰好印合了中国式的春愁秋恨,百结愁心,无法可解。花蕾结而不绽,似有所待,而春日迟迟,春雨密密,正是乍暖还寒时候。李商隐的名句"芭蕉不展丁香结,同向春风各自愁",表达的正是这种愁绪。这一句太精彩,于是有人用其意,把愁绪更添一层,说道:"深恩纵似丁香结,难展芭蕉一寸心。"这首诗的本事出自北宋吴曾的《能改斋漫录》,说词人贺铸和一女子交好,久别之后,

女子写了这首诗寄赠。——看来八卦人家情史,是古今中外人们的共同爱好。

这许多愁中,唯情愁最苦,千愁万绪齐聚心上,绾成丁香结。"自从南浦别,愁见丁香结。"旅人思妇,一在客船,一在楼头,两处愁心,一般相思,怎忍见丁香成结?还有人想强行解结,陆龟蒙曾发下豪言,说"殷勤解却丁香结,纵放繁枝散诞春",颇有兼济天下的雄心壮志。但这么一豪,诗句中就失去了丁香的韵味。

常见的丁香有紫、白二色,大家习惯把开白花的丁香叫丁香,开紫花的叫紫丁香,实际上紫色丁香才是原种,白花丁香是其变种。丁香就该是紫色的。紫丁香开到后来,颜色越来越淡,变成淡紫色——雪青便是这种颜色。

古诗中写丁香花的虽多,却很少会提到是什么颜色。"青鸟不传云外信,丁香空结雨中愁。"如果是白丁香,在雨雾中就不那么显眼了;紫丁香的雪青色再罩上一层薄烟雨帘,忧郁,静美。"双盘锦带丁香结,窄袖春衫甘草黄",甘草黄的衫子配上雪青色的带子,这才娇艳。

虽然西南也多丁香,但丁香却更适应北方气候。北京植物园有世界上最大的丁香专类园,收集了几十个品种的丁香。我曾在不同的季节三次去北京植物园,头一回是四月,春花烂漫,丁香绽放,满园芬芳;第二回是八月初,绿肥红瘦之季,只有一枝红丁香在开,花也稀疏,开了几朵,还不规整;最近这次是六月中,零零落落有两三小树开了七八朵花,如斯凋残,颇觉凄凉。

八月丁香紫,终究不常见。

季秋之月　九月

菊有英，芙蓉冷，汉宫秋老，
芰荷化为衣，橙橘登，山药乳。
——明·程羽文《花月令》

葡萄紫

菊有英

季秋，秋季的最后一个月。农历九月，菊花乃黄。

菊有五色，以黄为上品。三国钟会《菊花赋》赞菊花有五美："黄华高悬，准天极也；纯黄不杂，后土色也；早植晚登，君子德也；冒霜吐颖，象劲直也；流中轻体，神仙食也。"黄为五行中土的颜色。土居中，故黄色为中央正色。

菊在国人心目中的地位堪与梅花、牡丹比肩。梅是凌冰负雪，气质高洁；牡丹是花团锦簇，华丽典雅；菊花是傲霜承露，清雅绝俗。三种草木，经日月钟情，历百代万世，几乎可以说均已化作图腾。

起初，寒窗苦读，囊萤映雪，胸中自有抱负。梅花自苦寒来，一点幽香在怀，自尊自怜，自爱自芳；冲寒冒雪，知春而发，不负一番艰辛。

匆匆，春光荏苒，青春将逝。忽一日蓄势勃发，喷薄而出，明艳万方，不可逼视。可谓唯有牡丹真国色，花开时节动京城；春风得意马蹄疾，一日看尽长安花。

春尽夏至，秋风又起，花无常开，人有失意；转眼半百，名利心淡，世事无常，白云苍狗；而今识尽愁滋味，却道天凉好个秋。好在当年曾经冰雪磨砺，灵性仍纯，梅韵犹在，化作菊之清气。

菊是隐士之自托，修仙之良朋，高士之知音。薄田三分，荷锄晚归，秋老霜圃，把酒重阳，夜凉人静，菊叶幽香。此时再无半点烟火之气，唯有篱下菊影披离婆娑，伴低低蛩声。菊花如端人，独立凌冰霜。

元稹曾说："不是花中偏爱菊，此花开尽更无花。"在一片肃杀如兵象的摧败之气中，草色变，木叶脱，菊花却妖娆多姿地盛开了。

菊之清芬淡泊，恰合秋之高晴悠远。白昼短，暑气消，西风起，白露降，寒霜至，鸿雁归，而后菊有英，叶傲霜，蕊香寒。后人咏菊，以菊自托，无非以菊之意，写我之志。菊便是我，我便是菊。菊曰节华，人曰守贞。

菊花至后世，栽培之广，冠于群芳。宋代刘蒙《菊谱》是最早的菊谱书，收录菊花品种35种；到明代王象晋撰《群芳谱》，收录品种已有270种。但菊花就算栽培出如此繁多的品种，就算艳如牡丹、芍药，仍气节如君子。

陶渊明回乡，赋《归去来辞》："三径就荒，松菊犹存。"他园中的菊花，已经是园艺观赏菊，叫九华菊。九华菊这一品种，从晋到今，一直不曾断绝。《花镜》描写九华菊道："此渊明所赏鉴者，越人呼为大笑菊。花大心黄，白瓣，有阔及二寸半者，其清香异常。"

"酒能祛百虑，菊解制颓龄。"早期，人们采菊非为瓶供或簪发，而是为了服食。曹丕在《九日与钟繇书》中云：

至于芳菊，纷然独荣，非夫含乾坤之纯和，体芬芳之淑气，孰能如此！故屈原悲冉冉之将老，思飡秋菊之落英，辅体延年，莫斯之贵。谨奉一束，以助彭祖之术。

菊花

清 恽寿平

魏文帝给钟太傅送菊花，是请他食用，以延年益寿。

"芳菊开林耀，青松冠岩列。怀此贞秀姿，卓为霜下杰。"陶渊明在诗中把园菊与岩松并列，在他眼中，二者都有高洁之质、英杰之姿。在他之后，历代文人不乏以菊明志者，真正是："一从陶令评章后，千古高风说到今。"

芙蓉冷

此芙蓉为木芙蓉，因生长在陆地上，又叫作地芙蓉。木芙蓉叶似梧桐，三裂有尖；花似木槿，大而粉红；九月始开花，又名拒霜花。苏东坡《和述古拒霜花》诗云："唤作拒霜知未称，细思却是最宜霜。"

霜降之后，芙蓉盛开。一场秋雨一场寒，曾巩有诗说："芙蓉花开秋水冷。"到芙蓉开花的时候，秋意已经很浓了。

但曾子固这首《芙蓉台》诗写的是不是木芙蓉，却不好说。芙蓉台在济南大明湖畔，大明湖里向来荷花多，曾一度被称为"莲子湖"。湖边建台，观赏水中芙蓉的可能性更大一点。只是荷花六月开放，是盛夏之花；芙蓉花开在九月，花开之际，秋水渐寒，才合乎诗意。

一朵芙蓉花只开两三天。有诗云"昨日一花开，今日一花开。今日花正好，昨日花已老"，咏的虽是蜀葵花，却也说出了芙蓉花的特点。此花另有个特点，初开为白色，第二日转粉红，第三日为深红，一花三变，因有雅号为"醉芙蓉"。与木槿花朝开暮落不同，已"醉"之芙蓉花不会自落，花朵变红后皱缩为球形，缀于枝头，远观仍如花状。花开有先后，因此远远看去，一树白花、粉葩、红绒球，衬着绿叶深浓，或高过屋檐，或低至台阶，煞是惹眼。

秋赏芙蓉，天高气朗，云淡风轻。范成大《窗前木芙蓉》诗赞曰："更凭青女留连得，未作愁红怨绿看。"秋天的花也未必一定要与断肠、离情有关联，木芙蓉号"拒霜"，自有其风骨。

种木芙蓉最著名的是五代后蜀末代君主孟昶。北宋张唐英《蜀梼杌》一书述后蜀旧事，其中说道，广政十三年（950），孟昶下令在城上种芙蓉：

九月间盛开，望之皆如锦绣。昶谓左右曰："自古以蜀为锦城，今日观之，真锦城也。"

成都又名蓉城或芙蓉城，便是由此而来。我多次游历成都，曾在府河边看到芙蓉花开。对此佳景，免不了要想起后蜀往事。

木芙蓉有单瓣、重瓣之别。单瓣花似木槿、扶桑。重瓣花如牡丹，花瓣层层叠叠，花蕊金黄如丝，簇生密集，甚是富丽华贵。有的品种花形团团几如绣球，任意一面皆有瓣有蕊，被叫作"转观花"。

"丁香结子芙蓉绦""芙蓉为带石榴裙"，芙蓉绦，芙蓉带，是指用芙蓉色丝线打出的绦子、织成的带子。古代染色，染料多取自动植物和矿物。以植物为染料的是"草木染"，青出于蓝（蓝草），红出于茜（茜草），黄出于栀（栀子），黑出于皂（皂斗）。木芙蓉也可用于染色，明朝宋应星《天工开物》上有记载：

四川薛涛笺，亦芙蓉皮为料煮糜，入芙蓉花末汁。或当时薛涛所指，遂留名至今，其美在色，不在质料也。

木芙蓉的树皮一向是纤维原料。照此书上所讲，木芙蓉的树

皮可造纸，花可染色，而著名的薛涛笺用的便是此法。薛涛为唐代名妓，晚年居于成都浣花溪上，自造深红笺纸，有名于时。薛涛笺别致高雅，文人用以赠友："十样蛮笺出益州，寄来新自浣溪头。"

薛涛用芙蓉花为染料，染成美丽的颜色，真正别出心裁。在上面写诗，何等风流蕴藉。显然，成都在唐代就多芙蓉，不然不会被用作染料。

汉宫秋老

汉宫秋这个名字,听上去不像一种花,而像一出戏。许是这个词太有想象空间,不知何朝何代,就把一种在秋天开花的小小石竹科草本花卉唤作了汉宫秋。

汉宫秋,正名剪红纱花。《本草纲目》中说它"夏秋开花,状如石竹花而稍大,四围如剪,鲜红可爱"。但状如石竹花、鲜红可爱、夏秋季节开花的不单有剪红纱花,明王象晋《群芳谱》里就把另一种花叫作汉宫秋:"剪秋罗,一名汉宫秋,色深红,花瓣分数歧,尖峭可爱,八月间开。"

这两种花都是石竹科剪秋罗属植物,花形很像,花期接近。剪秋罗花开五瓣,花瓣窄长,每一瓣分作两叉,如蛇之芯子,边缘又有细小分叉,颇规整对称。因此这花,是把纱罗叠好之后剪出的。而剪红纱花则是随手剪出,花瓣不规则深裂。

罗是古代一种丝织品的名称,质薄而轻。温庭筠诗云:"秋罗拂水碎光动,露重花多香不销。"这简直就是丝织品的广告词,可以想象一匹丝罗在水里轻轻漂洗,水面被丝罗的光彩映衬得波光流动的绚丽情状。

以纱罗剪成的花:剪秋罗,剪红纱花,还有剪春罗。这样来理解,就可想见这三种花是如何美丽绚烂了。剪秋罗的花是深红

剪秋罗

清　董诰

剪红纱花

色的，剪红纱花的花是橙红色的，剪春罗的花是橘黄色的，花瓣均细碎如剪，细看很是可爱，一直都是花园、庭院、宫苑里的娇妹子。在闺中窗前种几株，橘黄橙红，娟媚可爱。

不过这几种花如今都种得少，石竹倒很常见。剪春罗、剪秋罗还可以在植物园中看到，剪红纱花则难得一见。某年九月间，我徒步走徽杭古道时，才得以亲眼见到这种娇俏的红色小花。

剪秋罗、剪春罗也好，剪红纱花也罢，都像用剪刀剪出来的花。这一点，古人们早达成共识。前人在咏这些花时，也喜欢从这一点上切入，说剪秋罗是"凭君唤作剪秋罗，试问秋罗谁为剪"（清·陆求可《木兰花令·剪秋罗》），说剪春罗是"谁裁婺女轻罗段，我有并州快剪刀"（宋·舒岳祥《剪春罗》）。时令不同，心情也异，春有春心，秋有秋情。剪春罗令人想到"独客书斋思拆补，静姝绣阁学缝纫"（宋·舒岳祥《又戏和正仲赋剪春罗》）。轮到秋天开剪，则是"猩痕点点雨中看，认是西风残泪湿齐纨"（清·黄燮清《虞美人·剪秋罗》）；种种悲凉，是"苏娘机杼回文倦"的倦，是"汉宫起秋风，美人感团扇"的悲；剪下的那朵红纱花，正是汉宫秋老，秋扇见捐，不胜悲。

橙橘凳

东坡有诗云："一年好景君须记，最是橙黄橘绿时。"深秋季节，柑橘类水果上市，芳香甜蜜，鲜嫩多汁，向来得世人之喜爱。

中国栽培柑橘类水果极早，先秦时期就有了。屈原曾为橘树作《橘颂》，把一棵橘树比作不食周粟的伯夷、叔齐，那是很高的评价了。究其原因，在"受命不迁""深固难徙"八字。与此有关的一个成语是"南橘北枳"，也就是"橘逾淮为枳"，是说橘就爱待在南方，硬把它迁到北方去，果子就不甜了，皮粗厚不堪食，只可入药，变成了"枳"。强扭的瓜不甜，迫迁的橘变枳。橘犹如此，何况人乎？屈原把自己比作一株生长在故土、难离祖国的橘树，品优德芳，洁身自爱。

屈子和橘树的品质可嘉，这是有目共睹的，且不赘言。不过之所以会"南橘北枳"，是因为橘在嫁接到枳树桩上后，上部新发的橘枝在冬天被冻死，只剩下作为砧木的枳树，第二年结的果子皮变厚、味变涩，让人误以为橘树移种过来水土不服，变了种。枳是芸香科枳属植物，与芸香科柑橘属的柑橘类水果同科不同属。

常见的柑橘属水果有柚子、橘子、橙子、柑子、柠檬、葡萄柚等，它们的共同祖先是香橼、柚和宽皮橘。香橼不好吃，可用来闻气味。古时人家多喜欢在书房或厅堂里摆放一个大果盘，放一些有香气

橘

宋 马麟

的果子,作为清供,称作"闻果",一般用香橼或佛手。《红楼梦》里描写探春的秋爽斋时,道:"左边紫檀架上放着一个大官窑的大盘,盘内盛着数十个娇黄玲珑大佛手。"佛手是香橼的变种,顶端分裂如手指,形如合掌,外观奇特,颜色金黄,清芬持久,可达数月,一向是案头清供佳品。佛手实心无子,古人用来雕镂花鸟,置于盘中愈加清丽,香气也更易散出。

宋人爱用橙做"闻果"。陈克《浣溪沙》云:"罗袜钿钗红粉醉,

橘花

曲屏深幔绿橙香。"美人宿醉未醒，红绡帐里有绿橙在散发清香。

与香橼、佛手只能闻不能吃不同，柚子个大皮厚，清香甘甜，水分又多，吃两瓣管饱，只是略有苦味。柚子壳可以用来量米，它含有芳香物质，放在米缸里，想必可以防虫。

宽皮橘，顾名思义，皮与瓣分离，宽松好剥，与橙皮的紧实难剥迥异。

所有的柑橘类水果，都是由这三种杂交而来。柚子和宽皮橘在自然环境中天然杂交，得到酸橙；酸橙经过人们长年栽培选育，得到甜橙；柠檬有可能是酸橙与香橼的杂交品种；而甜橙和柚子再杂交，又出现新品种葡萄柚……

中国最早的柑橘专著出现在南宋，作者为韩彦直，是抗金名将韩世忠的长子。没想到将门不仅出虎子，还出农艺师。这书名《橘录》，又名《永嘉橘录》，是他在永嘉当知州时写的，成书于南宋孝宗淳熙五年(1178)。这书第一次将柑橘类分为柑、橘和橙三大类。他在书中说："予北人，平生恨不得见橘著花。"

柑橘常见，而花不常见。柑、橘、橙初夏开五瓣小白花，香气浓郁。柑橘属的花大都相似，除大小有异，花形与花香都相差无几。

山药乳

山药为缠绕藤本植物,古名薯蓣。《山海经》里说阳华之山多薯藇,"其实如瓜,其味酸甘"。薯藇即薯蓣。至于"其实如瓜",其实说的是叶下的珠芽,俗称山药豆。

山药在唐宋以前一直叫薯蓣,据说是为避两个皇帝的名讳才改名。一个是唐代宗李豫,豫、蓣同音,改蓣为药,叫薯药;另一个是宋英宗赵曙,曙、薯同音,于是又改薯为山,就成了现在的山药。

但唐孙思邈《备急千金药方》中就有了山药之名:"薯蓣生于山者,名为山药,秦楚之间名玉延。"比宋英宗晚近一百年的陆游在诗中也写到过薯蓣,一点不在乎犯了皇帝的名讳:"薯蓣傍篱寒引蔓,菖蒲络石瘦生根。"

山药名字里有一个药字,是因为古人把它当成黄精、灵芝那种食之能长生不老的修仙上品。宋朝张镃有一首《南歌子》词咏山药,把雪白的山药形容为玉:"种玉能延命,居山易学仙。"山药一名玉延,吃山药糕能延命呢。

《红楼梦》第十一回写秦可卿生病,什么都吃不下,只有贾母让人送去的枣泥山药糕,倒还吃了两块。选用绵实的铁棍山药,洗净连皮蒸熟,去皮过箩,压成细蓉,冷却后拌入绵白糖,包入枣泥馅搓圆，放进饼模里压实，磕出来就是山药糕。山药糕全以山药做成，没加面粉，馅软糕松，入口即融，确实是适合老人和病人的食物。

传说蜀王孟昶性喜山药，每月初一吃素，这天的菜单上一定有山药，宫人便呼山药为"月一盘"。元代画家王冕有诗名《山药》，也对其大加赞美："烹庖入盘馔，不馈大官羊。"大官羊就是由御厨烹制的羊肉。他说山药之美，若调鼎得当，不输给肥羊。

山药蒸熟去皮之后，雪白如玉屑。刚刚去皮的生山药也白腻如酥油。"山药乳"，"乳"字是形容其白。日本人吃山药，是把生山药洗净，截取半尺来长，削去前三分之一的皮，握住带皮的一段，在有螺旋状坑纹的陶钵里磨成黏稠的乳浆，再舀出来放在刚出锅的热米饭上，拌匀了吃。刚磨好的山药浆又滑又腻，配上珍珠般的米饭，白上加白，欺霜压雪一般。

山药藤蔓上生有珠芽，即山药豆，古名零余子。山药豆糯软，微带甜味，现在常用来煮粥；大米粥、小米粥、杂粮粥、八宝粥等等，都可以放一把山药豆同煮。但山药豆有皮，削皮麻烦，倒不如带皮煮熟，吃时剥皮蘸糖。煮熟的山药豆再煎便是菜，可椒盐，可麻辣，可葱油，可五香，可孜然，可糖醋，变化无穷；或者加糖，炒到发白返沙，便成糖霜山药豆；或者把糖熬化，裹上山药豆穿上竹扦子，便是糖葫芦。

山药雌雄异株，花序为穗状花序，花小如米珠，白色或近浅黄色，远看有点像米兰。花虽不足观，但山药枝条飘拂，藤缠蔓引，让人想起薛宝钗住的蘅芜苑，异草盘环，藤葛缠绕，淡馥清芬，冷翠轻烟，别有一番情趣。

孟冬之月　十月

木叶脱,芳草化为薪,苔枯,
芦始狄,朝菌歇,花藏不见。
——明·程羽文《花月令》

颜色

雨过天青

木叶脱

"木叶脱"的"木",指的是树木,"木叶"就是树叶。十月秋风起,万木尽凋落。木叶一词极有古意,让人想到屈原的"袅袅兮秋风,洞庭波兮木叶下",想到旅人失意、情人失侣、北雁南飞,秋天的况味一下子涌到胸中,顿时有天地悠悠、独自怆然之感。

"木叶"是泛称,但说到秋叶凋零,不能不提梧桐。枇杷晚翠,梧桐早凋,梧桐叶落是秋季开始的信号。作为秋天的代表树种,梧桐十分尽责,该落的时候就落了,一点不拖泥带水。

梧桐树很美。梧桐之美,不在花,不在果,在树本身。梧桐以青碧著称,从四月出叶,到十月叶落,无一叶不青,无一枝不绿,无一干不碧,因此有两个美名——青桐,碧梧。

"青桐承雨声,声声何重叠",这是韩偓西楼前的青桐。"月转碧梧移鹊影,露低红草湿萤光",这是杜牧在馆驿看到的碧梧。青碧的颜色,让雨滴更冷寂,让月影更孤清,让梧桐更清丽。青枝绿叶,一碧如洗。

"香稻啄余鹦鹉粒,碧梧栖老凤凰枝",这是杜甫心中美好的长安:稻米是香稻米,那是鹦鹉啄剩的;梧桐碧干青叶,那是凤凰栖老的。凤栖梧是一个美好的意象。《诗经·大雅·卷阿》云:"凤凰鸣矣,于彼高冈。梧桐生矣,于彼朝阳。"虽然说的是凤凰鸣

高冈、梧桐向太阳,但一经组合,就开启了后世"凤凰非梧桐不栖"及"丹凤朝阳"的想象。《庄子》有"空门来风,桐乳致巢"之说,司马彪作注曰:"门户空,风喜投之;桐子似乳,着叶而生,鸟喜巢之。"(《太平御览》引)从此,凤凰就栖定了梧桐,桐子(或称梧子)成了凤凰的食物。

梧桐花并无可观之处,小如枣花,黄绿色,四五月间缀于枝梢,累累成串;开败坠落,细细碎碎,铺满一地,有如藓苔霉醭。

梧桐之美,还在其代表的意境。古时庭院多植梧桐,文震亨《长物志》云:"青桐有佳荫,株绿如翠玉,宜种广庭中。"庭院里种一棵碧青的梧桐树,夏窗生绿,秋夜听风,何等诗情画意。《红楼梦》中探春居住的"秋爽斋"是一处秋景庭院,匾额名是"桐剪秋风",后院种的是梧桐。后来大观园姐妹放风筝,探春放的是凤凰风筝。秋爽斋的主人,住的是梧桐庭院,放的是凤凰纸鸢,正应了凤栖梧之说。

"春风桃李花开日,秋雨梧桐叶落时。"人的感情与世间万物息息相关,见花开而觉生机勃勃,见落叶便知一年将过。两相对照,后者越发显得凄清。而梧桐就是这样一种凄凉冷清气氛的营造者。"高楼目尽欲黄昏,梧桐叶上萧萧雨",读来只觉一股寒意袭来,遍体生凉。"砧杵敲残深巷月,井梧摇落故园秋",木叶摇落,秋声凄切,思之怆然。

桐木可制琴,《后汉书》载:

吴人有烧桐以爨者,(蔡)邕闻火烈之声,知其良木,因请而裁为琴,果有美音,而其尾犹焦,故时人名曰"焦尾琴"焉。

因此，后世便用"焦桐"代指古琴，如唐代张祜《思归引》："焦桐弹罢丝自绝，漠漠暗魂愁夜月。"

很长一段时间里，制琴之桐是泡桐还是梧桐，大家莫衷一是。《齐民要术》中曾说，"（白桐）成树之后，任为乐器。青桐则不中用"。白桐就是泡桐，青桐乃是梧桐。而唐朝雍陶有《孤桐》诗，把梧桐直接称为"琴材"："岁晚琴材老，天寒桂叶凋。"

我就这个问题，咨询了一位斫琴师。他说自古杉桐皆可用，古时候多用梧桐，如今多用老杉木。云杉、水杉、松、桐等皆可用，好的斫琴师会辨材，能斫出好琴。今故宫藏琴，各种材料俱有，不独梧桐或泡桐。

苔枯

青苔，苍苔，在中国诗歌中，常和苍凉幽寂、时光流逝、美人迟暮、禽悲虫嘶等等一系列伤感意象联系在一起。

如李白之"门前迟行迹，一一生绿苔。苔深不能扫，落叶秋风早"，又如姜夔之"沉香亭北又青苔，唯有当时蝴蝶、自飞来"，或如赵师秀之"青苔生满路，人迹至应稀"，这些秀句，因为青苔的存在，让人感到一种美丽的哀伤。要怎样才能青苔满阶，苔深难扫？要经过多少时间的流逝，才有这样空寂的景象？又是什么人，寂寞到要去和青苔对视？

青苔包括苔和藓两种植物，分属两纲：苔纲和藓纲。苔藓植物无花，藓有茎而苔有叶。在水分充足、环境清洁、光照合适的情况下，苔藓会长得非常茂盛，厚如铜钱，密集紧实，青翠碧绿。青苔有个美名曰绮钱，是赞它积如钱厚，形如钱圆，色如绮罗。

青苔的这种寂寞意象是由班婕妤《自悼赋》中"华殿尘兮玉阶苔，中庭萋兮绿草生"一句开启的。乐府诗把"婕妤怨"这个题目接过来，变成了一个系列。从西晋陆机的"春苔暗阶除，秋草芜高殿"，到南朝阴铿的"花月分窗进，苔草共阶生"，再到唐朝严识玄的"寂寂苍苔满，沉沉绿草滋"，历代的《婕妤怨》成了咏怀的载体，而不论谁写，多半会用上青苔这个意象。它和班婕妤的秋扇、流萤、玉阶、长信宫一起，铺陈出一个寂寞冷宫，比陈阿娇的长门宫更有画面感。长门宫像一个符号，而长信宫则到连宫前的台阶和台阶上青苔都被一一描绘。班婕妤用秋扇和青苔为自己勾勒出了清晰的线条，她转身而去的背影，代表了后世文人的失落和冷清。

青苔刚在文学作品中出现时，是和宫怨和孤寂连在一起的。在以后的岁月里，它慢慢脱离这个范围，向着更悠远的天地时空飞升。这个转换，是由江淹完成的。小小的青苔，到了他这里，有了更丰富的精神世界和情感内涵。他为青苔作赋，名曰《青苔赋》。

在这篇赋里，他写尽了青苔之美、青苔之寂，最后忽然从哀怨中悟出，就算高大如木兰与豫章树又如何呢？不过是被砍伐，成为木兰舟和屋柱梁，反不如青苔，在石则集泉雨，在水则镜湖沼。这和庄子说樗如出一辙。

在这里，青苔脱离宫怨，成为道家冲虚清静、无为而为的处世哲学的象征。这种思想影响了后人，所以，苔出现在杜甫《昔游》诗里，就是一派恬淡天真："庞公任本性，携子卧苍苔。"

在后世文人对生命和宇宙不懈的思考探讨中，青苔又从道家走向了佛家，有了幽远、深邃、古朴、玄静的禅意："空山不见人，但闻人语响。返景入深林，复照青苔上。"

这种充满了禅意的境界深受日本人的喜爱，他们在接受了中国造园学说之后，开创了日本的园林风格，有了枯山水和青苔园。枯山水是时间的停顿，青苔园是空间的幽谧；枯山水是从石头模拟的静止状的涟漪中感悟时间的流逝，青苔园是从茸茸堆叠的丛丛青苔中领会空间的幽静意趣。

芦始狄

"芦始狄",芦是芦苇,狄是羽毛。芦到了秋天,抽穗吐秀,芦花蓬蓬,风一吹飘飘欲飞,像羽毛一样。

狄字加草字头为荻。荻是另一种禾本科植物,和芦一样,开花毛茸茸的。

古时,芦和荻在不同的阶段都有不同的名字。芦没开花时叫葭,开花后叫苇;荻初生名菼,未开花时为蒹,长成后叫萑。

"蒹葭苍苍,白露为霜。所谓伊人,在水一方。"(《诗经·秦风·蒹葭》)"蒹葭苍苍",是说芦荻青青,还没有抽穗扬花。

"蒹葭"是芦和荻的青葱少年时,等它们抽穗开花后,蒹成为萑,葭成为苇,连在一起,为"萑苇"。与"蒹葭"相比,成熟期的"萑苇",不论是知名度还是曝光率都远远不及——虽然现在一说"蒹葭苍苍",大家联想到的多是扬花飞絮,雪白一片。

"七月流火,八月萑苇",出自《诗经·豳风·七月》,意思是七月大火星向西坠,八月采收芦荻回。这首诗很长,从岁初数到岁尾,把一年里农人该干的活都写了进去:蚕桑、裁衣、狩猎、采摘、酿酒、修葺、凿冰、祭祀。蚕桑是为了穿衣,采收萑苇呢?结合下文的修葺屋舍(亟其乘屋),也许是做建筑材料,芦苇和荻草的秆,糊上泥就可以筑墙。

芦、荻向来并称："秋风冷萧瑟，芦荻花纷纷。"芦、荻像是孪生兄弟，千百年来，一直并肩连根，长在水边。白居易《琵琶行》云"浔阳江头夜送客，枫叶荻花秋瑟瑟"，枫是枫香，荻是南荻，南荻多生于长江中下游以南各省；后面又云"黄芦苦竹绕宅生"，黄芦是枯黄的芦苇。枫红荻白芦苇黄，正是深秋的景象。

在《蒹葭》里，苍翠的芦荻是少年不畏艰难追求爱情的见证。或者，少年追寻的不是爱情，那"伊人"也许只是一个象征。但那种不畏艰险、上下求索的痴心却感动了无数后世读者，青青芦苇、绿绿荻叶在诗中是青春的象征。

然而，在后世的文学作品中，芦荻的意象从苍苍湄湄变成暮气沉沉，水边再也没有那寻找爱人的痴情少年。蒹葭之歌成为爱情绝唱，尾生抱柱为爱情画上了句号。纯爱之音断绝，蒹葭已老，化为萑苇。后世文人用惨淡萧瑟的芦花、荻花来渲染落拓江湖的凄凉、身处浩渺天地间的苦心寻觅——这时寻觅的已不再是意中人或爱情。与芦荻同老的不只是江边旅人，还有年华与心境。魏晋以降，世人已不屑于把生命交付给爱情，用生命歌咏青春。他们不是感慨生命短暂，就是身在江湖心忧庙堂。他们的青春不曾来过就离去，仿佛他们一生下来就老了，就满头华发，方识字就忧患丛生。"生年不满百，常怀千岁忧"，他们进亦忧，退亦忧，仿佛不曾青春年少。

同是"蒹葭"，在先秦是所谓伊人，在水一方，寻寻觅觅，百折不回；在后世，就是"山长不见秋城色，日暮蒹葭空水云"。"蒹葭"如此，"芦荻"更甚："暗上江堤还独立，水风霜气夜棱棱。回看深浦停舟处，芦荻花中一点灯。"一股清冷之气充溢笔尖纸上，正是：回望萑苇来时路，可怜蒹葭白发生。

仲冬之月　十一月

蕉花红,枇杷蕊,松柏秀,蜂蝶蛰,剪彩时行,花信风至。

——明·程羽文《花月令》

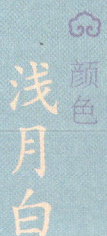

蕉花红

"蕉花红"说的是美人蕉。古代的美人蕉大约只有红花一种，因此当时的人们就管它叫红蕉。

白居易《东亭闲望》曰："东亭尽日坐，谁伴寂寥身。绿桂为佳客，红蕉当美人。笑言虽不接，情状似相亲。不作悠悠想，如何度晚春。"他说绿油油的桂树是客人，红艳艳的蕉花是美人，和它们说话它们不能回答，但情态却是和人亲近的；这样子是有点无聊兼犯傻，只是不做傻事，怎么消磨这悠长的暮春时节呢？也许，红蕉后来叫美人蕉，和这首诗有关。

白居易是中唐人，那时候美人蕉似乎已经不稀奇了。但到了唐末五代，桂阳人刘昭禹不知从哪里得了一株红蕉来送人，写诗以记，说"世上红蕉异，因移万里根"，还把它当奇花异草。

《花镜》中说美人蕉"亦生甘露子，可以止渴"。美人蕉花苞中积水如蜜，侵晨取食，很是香甘。书中用一"亦"字，是因为芭蕉是更为人们所熟知的分泌"甘露"的植物。周瘦鹃曾说："凡是种了三年以上的芭蕉，就会开花，花茎从中心抽出来，萼大而倒垂，多至十数层。每层都长花瓣，作鹅黄色。花苞中有汁，香甜可啜，这就是所谓甘露，而甘露也就成了苏州娘儿们口中对芭蕉的俗称。"

美人蕉

明　陈洪绶

中式庭院向来有种植芭蕉的习惯，取绿窗分映之雅趣，暑天遮阳，雨可听声。但芭蕉树高叶大，叶子容易被风刮破。文震亨就不喜欢芭蕉，说："绿窗分映，但取短者为佳，盖高则叶为风所碎耳。冬月有去梗以稻草覆之者，过三年，即生花结甘露，亦甚不必。又作盆玩者，更可笑。不如棕榈为雅，且为麈尾、蒲团，更适用也。"（《长物志》卷二）

他说芭蕉一物，取甘露不必，作盆玩多余，不如种棕榈，既雅又实用，动可做麈尾，静可为蒲团。我觉得在这一点上，文震亨有点偏执了，棕榈树干藏污纳垢，还真不如芭蕉叶净而清雅。嫌芭蕉叶大易被风撕碎，可以改种美人蕉嘛。

美人蕉这名字因"美人"二字，无端就添了不少香艳之色。冯梦龙曾辑《挂枝儿》曲，收录有以花名写的情诗，美人蕉自然是必列其中的："我与你月月红，寻欢寻乐。我与你夜夜合，休负良宵。我与你老少年，休使他人含笑。休为十姊妹，使我美人焦。便做道你使尽金钱也，情愿与你唱杨花同到老。"这一支曲子里用了八个花名：月月红、夜合、老少年、含笑、十姊妹、美人蕉、金钱花、杨花。

不管是文人还是白丁，都会把美人和花联系起来。形容美人，是芙蓉如面柳如眉，杏眼桃腮樱桃唇，手如柔荑臂如藕，腰如杨柳足如笋；形容花，蔷薇花是杨家姊妹，石榴是女子的红裙。但世界上的花数不胜数，直接用美人命名的并不多，只有美人蕉、虞美人、美人松（长白松）、美人梅、美人桃（人面桃）、美人樱（美女樱）等几种。如此，又焉能不为美人蕉而倾倒？

枇杷蕊

《千字文》中有一句"枇杷晚翠,梧桐早凋",是说梧桐树刚入秋就开始掉叶,一叶落而知天下秋;而枇杷树到了冬天还是碧青的。岁寒年末,万物萧瑟,大多数植物都褪下了绿装,枇杷却傲霜欺雪,青翠挺拔。

枇杷不但晚翠,还在冬天开花。古人说果木中唯有枇杷备四时之气。所谓备四时之气,是指枇杷秋日养蕾,冬季开花,春来结子,夏初成熟,承四时之雨露,不惧酷暑和严寒。在所有的果实中,独有枇杷历经春风、夏日、秋雨、冬雪,它是如此与众不同。

枇杷花在冬天开,白色,花瓣圆形,花序圆锥形,在枝叶的顶端。园林里种植的枇杷树不高,枝杈低矮。在天气晴好的时候,站在一株枇杷树下,即可闻到馥郁的香气。按说这样的花应该很醒目,可惜枇杷的花萼、花梗都密生锈色茸毛,薄而小的白色花瓣又容易掉,常掉得只剩下一两片,夹杂在一堆锈色的茸毛里头,丝毫不起眼。不经意看过去,会误认作初生的叶芽。

枇杷香甜多汁,一向被视为佳果。戴复古有"东园载酒西园醉,摘尽枇杷一树金"之句,杜甫有"杨柳枝枝弱,枇杷对对香"之句,听上去都像害了馋痨。而冬日枇杷花开,因没有别的杂花掺杂,酿出的枇杷蜜晶莹清透。至于用枇杷果、枇杷叶、枇杷花熬制的枇杷膏，更是传统冬季饮品。

枇杷一名卢橘，苏东坡说"客来茶罢空无有，卢橘杨梅尚带酸"，枇杷和杨梅差不多同时成熟，皆于初夏上市。"卢橘"见司马相如《上林赋》："卢橘夏熟，黄甘橙楱，枇杷橪柿。""卢橘"与"枇杷"并列，显然并非一物。但不知怎么，卢橘后来就成了枇杷的别名。1787年，英国人把枇杷从广东引种至英国皇家植物园内，其英文名（Loquat）便是从卢橘的粤语发音音译而来。

先有枇杷树，后有琵琶琴。以琴形似叶形，故名。琵琶乃胡琴，枇杷为乡树，谁先谁后，一目了然。王建有诗赠女诗人薛涛云"万里桥边女校书，琵琶花下闭门居"，看来薛涛女士的家门口种的正是枇杷树。

把"枇杷"二字写错的笑话不少。明朝时，有人送给画家沈周一篮枇杷，附带的礼单中把枇杷写成琵琶。沈周回信说："承惠琵琶，开奁视之。听之无声，食之有味。乃知司马挥泪于江干，明妃写怨于塞上，皆为一啖之需耳！"司马挥泪，说的是白居易，《琵琶行》有"江州司马青衫湿"之句；明妃塞上，说的是昭君出塞，"含情欲说独无处，传与琵琶心自知"（宋·王安石《明妃曲》）。

这个故事可与另一则明朝趣话参看。莫是龙拜访袁福徵，恰逢村人送来枇杷果，帖书"琵琶"两字，两人看了大笑。某令君后来赶到，知道此事后说："琵琶不是这枇杷。"袁福徵说："只为当年识字差。"莫是龙接道："若使琵琶能结果，满城箫管尽开花。"两则故事如出一辙，难道他们都不曾读过王建的诗？

松柏秀

子曰:"岁寒,然后知松柏之后凋也。"这话我们都很熟悉,语出《论语》。但这话其实也不准确,岁再寒,天再冷,卉木凋零,松柏依然青翠。苍松翠柏,并不因四时变化而荣枯。如果一定要找一种植物寄托文人的高洁情操,没有比松柏更合适的了。西汉刘向说"草木秋死,松柏独在",算是对孔子那句话的注释。东汉刘桢说:"岂不罹凝寒,松柏有本性。"人家不是不怕冷,但就有天生的硬骨头。三国王昶对儿子说:"朝华之草,夕而零落;松柏之茂,隆冬不衰。"一片殷切期望之意,跃然纸上。李白写过一首《古风》,表面上是赞美严子陵,实则暗藏心意:"松柏本孤直,难为桃李颜。"于是他就"且放白鹿青崖间"了。

松枝多油,燃可代炬。松脂能形成琥珀。松花粉色黄味香,可做甜点上裹撒之物;江南的糯米甜食如松花糕、双酿团等,都用得到。

松枝柏子有清香。在讲究生活情调的宋朝,人们喜欢在书房里焚香,龙涎、沉香、檀香,什么金贵用什么。但有人别出心裁,只用一枝松枝。松之清香向来为人所称道,五代诗僧贯休《苦吟》诗云:"河薄星疏雪月孤,松枝清气入肌肤。"

松枝可以做清供,柏子可以用来制香。北宋陶谷《清异录》

松 清 金农

记载了一则小故事：

  释知足尝曰："吾身，炉也。吾心，火也。五戒十善，香也。安用沉檀笺乳作梦中戏？"人强之，但摘窗前柏子焚爇，和口者，指为"省便珠"。

当时的人都焚香，这个和尚却另有一番道理，犟不过人家，就摘几颗窗外的柏子烧，说这是又省事又方便的香珠。

焚柏子是一种时尚又高雅的生活方式。僧人中流行，宋葛庆龙《赠僧》一诗说"舶香亦带鱼龙气，自采枝头柏子烧"，南宋诗僧斯植《夏夕雨中》说"满林钟磬夜偏长，古鼎闲焚柏子香"。道家也喜欢，《云笈七签》有"拾柏子焚香，礼敬天师"之语。文人更考究一点，宋人陈敬《陈氏香谱》一书记载有"柏子香"的制法："柏子实不计多少，右以沸汤绰（焯）过，细切以酒浸，密封七日，取出，阴干，爇之。"倒不算费事。

后唐同光年间，陕西有山民得到一棵大柏树，锯解开来做成了木器，放在密闭的房间里，散发出沉香一样的气味。沉香材质松脆，不能雕，只堪烧，焚后有浓香。而柏木会自然散发出清香来，且材大堪用，做成案几，馨香不绝，倒比沉香之一焚显得更有价值了。

季冬之月　十二月

蜡梅坼，茗花发，水仙负冰，
梅香绽，山茶灼，雪花六出。
　　　　　　——明·程羽文《花月令》

蜡梅坼

坼,意思是裂开。清陈维崧《惜黄花慢·晴郊访菊》词中也用过这个字,同样是花开的意思:"离披开坼铺如锦,纵藻曜偏觉萧森。"

春节前后,百花凋零,街市上有花农从周围山林里斫来的蜡梅,三五七枝用一根稻草捆作一束,花瓣鸡油般黄、石蜡般半透明,小小圆圆的花蕾半含半放、幽香浮动。擎一枝蜡梅回家插瓶,配上殷红的南天竹果子、带着珠光的毛笔头般的银芽柳,作为新年里的岁朝清供,放在案头,可以插上一两个月——很少有花可以插这么长时间。几枝蜡梅,幽香满屋,给素白的冬天带来暖意和光彩。

蜡梅非梅。梅花是蔷薇科杏属,二月开花,五月结子。蜡梅则是蜡梅科蜡梅属。蜡梅和梅,就好像猫和熊猫那样关系甚远。

很多人并不知道蜡梅和梅不是一回事,他们爱梅赏梅,把蜡梅作为梅花的一分子去由衷赞美。但是为什么不呢?一来梅花要迟至立春以后才开——这还是在江南地区。二来大部分地区甚少梅树,梅花多在长江以南,北方难得一见。有些耐冻的梅花品种就算可以在北方存活,花期也迟至三四月,和桃花李花齐开。那么何不就把蜡梅当梅呢?

蜡梅

清 居廉

蜡梅也常被误写作腊梅。明王世懋《学圃余疏》中说："人言腊时开，故名腊梅。非也。为其色正似黄蜡耳。"（《广群芳谱》引）古人称它为蜡梅，是因为它花色金黄如黄蜡。宋人有诗咏蜡梅道"结处定缘蜂力就，开时微带蜜脾香"，说它像是蜜蜂造出的花，故而香气如蜜。

南宋名臣王十朋有一首咏蜡梅的诗说："题品倘非坡与谷，世人应作小虫呼。"诗后有注："大宁监多蜡梅，土人不知贵，呼为狗蝇花。"狗蝇梅是蜡梅的野生种，花瓣尖长，颜色浅黄，花香淡薄，花朵稀疏，常作为观赏蜡梅的砧木栽培。蜡梅名种有"磬口"和"檀香"，磬口形美，檀香味长，都是佳品。王十朋说，如果不是经过苏东坡和黄山谷（黄庭坚）品评命名，蜡梅花至今还被人叫作狗蝇花呢。

据说蜡梅初出山时，人们根据它色黄的特点，取名黄梅；元祐年间，苏东坡和黄庭坚觉得黄梅之名不甚雅，它的花瓣又似用蜡捻成，便命名为蜡梅。但在宋人笔记《云麓漫钞》中已有不同的记载："今之蜡梅，按山谷诗后云：'京洛间有一种花，香气似梅花，亦五出而不能晶明，类女功捻蜡所成，京洛人因谓蜡梅。'"显然在黄庭坚作诗时，蜡梅已经是普遍的称呼。

说起来，蜡梅与梅花最直观的区别在其果实。梅花谢了结梅子，梅子可以做成蜜饯和茶果，可以泡酒。蜡梅谢了结瘦果，藏在纺锤形果托里；成熟后果托由青绿色转灰褐色直至黑色，像个小囊，会一直留在枝头，直至干枯。

茗花发

有朋友在十月下旬去云南腾冲玩,拍照发朋友圈,说这里的茶花和城里的不一样。我只看文字就知道她说的是茶树的花,而不是常见的"茶花"——山茶花。照片中的茶花花瓣雪白,五片合成一个圆圆的盏托,捧着茸茸密密的黄色花蕊,金光灿烂,银白耀眼。

朋友在腾冲看到的,是普洱茶树的花;老树粗壮,花也肥硕,一朵足有手掌心那么大。我曾经在十月去武夷山,那边的茶树品种是"水仙"和"大红袍"。为了方便采摘,树都修剪得矮小。开的花也小,酒盅口那么大,金色的花蕊几乎把花瓣全部覆盖。花蕊上花粉堆叠,我一碰,沾了一手的黄粉。

茶花很香。凡香花大都可以窨茶。除常见的茉莉、珠兰、玳玳、玫瑰、桂花、木香、梅花之外,茶花也是窨茶的妙品。明屠隆《考槃余事》中就说:"茗花入茶,本色香味尤嘉。"茗花,即茶花;茗者,茶也,喝茶雅称即是品茗。

明人对茶花很是喜爱,万历年间的博物学家屠本畯在《茗笈》中说:"人论茶叶之香,未知茗花之香。余往岁过友大雷山中,正值花开,童子摘以为供。幽香清越,绝自可人。"高濂是明万历年间杭州人,曾在北京任鸿胪寺官,后隐居西湖。其人诗词歌赋,

茶花

《梅園百花画譜》

鉴赏文物，无所不涉；琴棋书画，茶酒烹调，无所不通。他写有《四时幽赏录》，其中"冬时幽赏"就包括"山头玩赏茗花"。西湖边的狮峰产龙井茶，冬天去山头看茶花，正是绝好去处。

我们见惯了山茶花，通常简称其名为茶花，忘了茶树也开花。山茶与茶树，同为山茶科山茶属的植物，关系十分近了。山茶花无香，茶花很香，这是很明显的区别。山茶和茶花均花蕊金黄，但山茶花有红有白有粉，茶花只有白花一种。山茶的花期是一月到四月，茶树的花期是十月至翌年的二月。山茶花多顶生，红花一朵开在肥绿的植株顶端，十分显眼；茶花多腋生，藏在叶片底下，不太容易被人察觉。

唐陆羽被后人奉为"茶圣"，他在《茶经》里描述茶树道："叶如栀子，花如白蔷薇。"茶花单瓣白花，多为五瓣，微展如碟，和单瓣的野蔷薇确实很像。

为什么不用山茶花来比茶花呢？我想这与山茶花进入大众视野稍迟有关。北魏时期的花卉专著《魏王花木志》中记载："山茶似海石榴，出桂州。"这是比较早的关于山茶的记载。到了晚唐，段成式《酉阳杂俎》说："山茶叶似茶树，高者丈余，花大盈寸，色如绯，十二月开。"他要说明山茶长什么样，得说叶子似茶树，可见当时山茶花还不曾被世人所熟知，倒是茶树更常见一些。

茶花是秋天至初春的花，我朋友去腾冲是在十月，正是茶树开花的季节。

水仙负冰

"一九二九不出手,三九四九冰上走。"三九和四九是一年里最冷的时候,河流结冰,土地冻坏,除了明黄的蜡梅与鲜红的南天竹,就只有水仙花负冰而开了。

水仙喜水,清水一盆养护便可开花,何等清雅绝俗。传说国人养水仙极早。明末文震亨《长物志》曰:"其名最雅,六朝人乃呼为雅蒜,大可轩渠。"意思是说"雅蒜"这个名字很有趣,引人发笑。照此说法,南北朝时便有了水仙。但水仙非我国原产,石蒜科水仙属植物原种的分布区在地中海沿岸。

唐段成式《酉阳杂俎》中详细介绍过水仙,但叫它"柰祇":

> 柰祇出拂林国,苗长三四尺,根大如鸭卵。叶似蒜叶,中心抽条甚长。茎端有花六出,红白色,花心黄赤,不结子。其草冬生夏死,与荠麦相类。

这种拂林国(东罗马帝国)出产的柰祇,花瓣红白色,花心黄赤,与如今常见的中国水仙不太一样。

而"水仙"之名出现于文献中,要到唐末。五代孙光宪记曰:"从事江陵日,寄住蕃客穆思密尝遗水仙花数本,如橘,置于水器中,

『金盞銀台』水仙（左）
『玉玲瓏』水仙（右）

明 仇英

经年不萎。""蕃客"是古代对外国商旅的泛称。

水仙在宋朝就不是那么珍稀了,宋人咏水仙花的诗词很多,最妙的是黄庭坚的"得水能仙天与奇"一句。既然得水能仙,自然便是水中之神,非常自然地,水仙与曹植《洛神赋》中的洛神形象结合在一起,凌波微步,罗袜生尘。"凌波仙子"之名,也就落在了水仙的头上。

细究起来,连水仙这个名字,也有可能来自西方传说。希腊神话中,有一个名叫纳西塞斯(Narcissus)的美少年,一日从湖水中瞥见了自己的倒影,竟爱上了水中之人,痴痴凝望不肯离开,终至憔悴而死。美少年死后化为水仙,生生世世顾影自怜。这与中文"水仙"的意思何等相似?当时"蕃客"带来这种花时,说不定同时带来了与花相关的传说。

有意思的是,哪里的神到了中国都有可能变身,佛教里的观世音菩萨到了中国就成了女身,希腊的男神到了中国就成了洛水的女神。自打于洛水入籍,水仙就彻底中国化了。黄庭坚说它是"凌波仙子生尘袜,水上轻盈步微月",刘克庄则把它看作屈原与李白的化身:"骚魂洒落沉湘客,玉色依稀捉月仙。"

中国水仙分为"金盏银台"与"玉玲珑"两个品种。"金盏银台"雪白的花瓣中间有一圈金黄色的副花冠:副花冠是金盏,六片花瓣是银台,银台托着金盏,精致美丽。"玉玲珑"则是重瓣品种,又名千叶水仙,其花瓣多皱褶,无杯状副花冠。"千叶"在古代,指的是花朵复瓣或重瓣。

不知最早是谁把水仙花球放在水中培养,清水净石,不染尘埃,就此培育出一种具有东方情怀的洁白芬芳的花。它凌寒盛放,负冰立雪,弱质无骨,却又浩气长清。它寄寓着中国人最美好的理想与情怀，孤标傲世，得水能仙，餐风饮露，独守寂寞。

中国水仙有崇明水仙和漳州水仙之分。旧时所养水仙，多是产自崇明的单球，得用雨花石固其根部，以防长叶后倒伏。在没开花的时候，崇明水仙就像一个大蒜头，因此叫"雅蒜"。如今漳州水仙更常见，多球攒聚，虽无石亦不倒。

梅香绽

杜甫《立春》云："春日春盘细生菜，忽忆两京梅发时。"从前立春这天要吃春盘。这一年他在四川，面对桌上的五辛盘，想起往年这个时候，长安和洛阳的梅花已经开了。

中国现在的赏梅胜地有武汉磨山，南京梅花山，苏州邓尉山，杭州灵峰、超山，昆明黑龙潭，广东大庾岭、罗浮山，等等，全在长江以南。而国人一向爱梅，梅的身影几乎无处不在。画中常见梅花傲雪、梅雪争春，诗有"梅花香自苦寒来"，词有"已是悬崖百丈冰，犹有花枝俏"等等，无一不是在说梅花不畏苦寒。可惜，这不是事实。

江南地区的梅花在立春之后开花，这时阳气已生，春意已动，北风渐少，东南风频吹，有点春的模样了。偶尔一阵倒春寒，会有一两日飞雪，雪薄难积，晚雪至早上十点半融，晨雪落下即化。梅花花苞可耐数日之寒，这点春雪冻不着它。倘若再冷一点，再冻几天，花苞多半会停止生长，等这一阵寒潮过去，再萌动开花。梅是春之使者，不是冬日精灵。寒冬腊月，难见梅花。

梅原产西南山区，四川、湖北的交界地带，四川大渡河上游丹巴县的山谷地带，雅砻江流域会理县的山间台地等地区，至今有野生梅。广东大庾岭、罗浮山在古代也盛产梅树。

大庾岭位于江西与广东交界处，唐代张九龄监督开凿新路，命道旁多植梅树，故又名梅岭。宋元祐年间重修，在岭上立关，名梅关。苏轼贬官岭南，七年后才被赦回，归途经庾岭，写诗一首名《赠岭上梅》："梅花开尽百花开，过尽行人君不来。不趁青梅尝煮酒，要看细雨熟黄梅。"他对岭南很有感情，好不容易要回中原了，不是归心如箭，而是说舍不得这里的梅花和梅子。他来时是绍圣元年(1094)，九月过庾岭，梅子已落；归时是元符四年(1101)正月，再次翻越庾岭，南方地气炎热，梅花已开过。青梅煮酒尝不到，黄熟梅子也等不到了。庾岭再长，梅关梅树再多，经过的行人遇不上梅花时节，只能空留遗憾。

北方的梅花最早是从南方运来的。据《西京杂记》记载，汉代修上林苑时，"群臣远方各献名果异树"，其中就有朱梅、紫华梅、同心梅、紫叶梅、丽枝梅等多个品种的梅树。

到了南北朝，北方衣冠南渡，政治中心南移，南方艺梅之风兴起，南京那时就是赏梅胜地了。有一则故事影响深远："宋武帝女寿阳公主，人日卧于含章殿檐下，梅花落于额上成五出花，拂之不去，号梅花妆。"（《广群芳谱》引《金陵志》）正月初七为人日，正是江南梅花开放之时，寿阳公主在含章殿下小憩，梅花落在额上，成了著名的梅花妆。从那以后，"寿阳梅花"成了典故。"何事寿阳无处觅，吹入谁家横笛"，只看"寿阳"二字，便知是写梅花。

宋朝是赏梅艺梅的高潮期。范成大著《范村梅谱》，收录了12个梅花品种：江梅、早梅、官城梅、古梅、重叶梅、绿萼梅、百叶缃梅、红梅、鸳鸯梅等。其中重叶梅为今之玉蝶型梅，鸳鸯梅为杏梅，百叶缃梅为黄香型梅。梅花品种繁多，细细研究，趣

味无穷。

最初的梅为果梅,取其酸味入馔,用以调味。《尚书》上说:"若作和羹,尔惟盐梅。"要做汤羹,有盐和梅子可用。但梅在后世硬是赢得了一片清净天地,从此远庖厨,以其气清香远,为世人所爱。

宋人爱梅,最爱梅花和明月相映。宋代瓷器中出现了月梅纹,截取老梅一枝,于梢上刻月牙一弯,正是应了那句"寻常一样窗前月,才有梅花便不同"。明人也爱梅,有诗云"窗外老梅香绽玉,溪边枯柳絮装绵",正是"梅香绽"的出处。

山茶灼

中国没有国花，20世纪80年代中期搞过一次评选，评出了十大名花，山茶位列其中，其余九种是兰花、梅花、牡丹、荷花、菊花、月季、桂花、杜鹃、水仙。这十种花栽培历史悠久，差不多都在一两千年以上，有的甚至有三千年，得到人民群众的共同喜爱，一点都不奇怪。

这些花和我们太亲密了，几乎每一种花的元素都深入生活中的方方面面，就像京剧《卖水》里那小丫头唱的"报花名"那样："清早起来菱花镜子照，梳一个油头桂花香。脸上擦的桃花粉，口点的胭脂杏花红。"十大名花就是这么潜移默化地植入我们的衣食住行之中，春雨一般润物细无声。

山茶以红著称，"山茶灼"，是说它红如火、艳如霞。红色是山茶的正色。

看过金庸小说《天龙八部》的读者，对山茶很有熟悉感，看到白色山茶花上有几丝红斑，便会问这是不是"抓破美人脸"。可见一个有趣的名字何等重要，可以让人过目不忘。白瓣红斑的山茶很多，常见的就有"白衣大皇冠""花嫦娥彩""五色芙蓉""花芙蓉"，以及"花十八学士"。

这"十八学士"也是小说中所写的名品山茶："一株上共开十八朵花，朵朵颜色不同，红的就是全红，紫的便是全紫，绝无半

山茶

宋　佚名

分混杂。而且十八朵花形状朵朵不同，各有各的妙处，开时齐开，谢时齐谢。"段誉一番话说得王夫人心驰神往，恨不能亲眼一见这五彩斑斓的山茶花，遂命大理段公子在曼陀山庄做花匠，饶了他一命。

"十八学士"是清代培育出的名种，同一植株上开放着各样的花朵，虽然没有小说中描写的那么夸张，却也十分珍奇瑰丽。

山茶花原产中国，国外的山茶都是从中国引种去的。

1700年，英国外科医生从中国将山茶的标本寄回英国，这是欧洲人第一次见到山茶花；1792年，一位英国东印度公司的船长将"千叶白"及相应的复色品种带到欧洲；1793年，英国人哈库斯托恩将油茶带回国内；1850年，英国人富奥丘恩把黄色的茶梅引进英国；1868年，法国传教士贝路尼意采集了十七个山茶新种带回了巴黎自然科学博物馆。

至此，英法植物界和园艺界陷入对山茶花的痴迷中，这股热情蔓延至市民阶层。19世纪的法国作家小仲马的代表作《茶花女》中，女主角玛格丽特喜爱山茶花，每逢外出，随身必带山茶花。她带在身边的白色山茶花，就是"千叶白"，如今叫"雪塔"。玛格丽特是一位很善于推销自己的出色营销师，她用一束白色山茶就完成了形象定位，山茶花成为她的logo（标志）。

这个创意如此之妙，到了20世纪初，香奈尔女士不知是不是从伊人那里得到灵感，做成山茶花胸针，时时佩戴在她的标志性短外套衣襟上。半个世纪以来，山茶花胸针已经成为高级奢侈品的象征。而探其由来，则不能不提远在云南大理深山中的山茶花。

六月桐花馥，菡萏为莲，茉莉来宾，凌霄结，凤仙降于庭，鸡冠环户。

七月葵倾赤，玉簪搔头，紫薇浸月，木槿朝荣，蓼花红，菱花乃实。

八月槐花黄，桂香飘，断肠始娇，白蘋开，金钱夜落，丁香紫。

九月菊有英，芙蓉冷，汉宫秋老，芰荷化为衣，橙橘登，山药乳。

十月木叶脱，芳草化为薪，苔枯，芦始狄，朝菌歇，花藏不见。

十一月蕉花红，枇杷蕊，松柏秀，蜂蝶蛰，剪彩时行，花信风至。

十二月蜡梅坼，茗花发，水仙负冰，梅香绽，山茶灼，雪花六出。

注：选自《说郛续》（涵芬楼本），原名《花历》。略有改动。

附录

花月令

明·程羽文

花有开落,凉燠不可无历。秘集《月令》,颇与时舛。余更辑之,以代挈壶之位。

数白记红,谁谓山中无历也!

正月兰蕙芳,瑞香烈,樱桃始葩,径草绿,望春初放,百花萌动。

二月桃夭,玉兰解,紫荆繁,杏花饰其靥,梨花溶,李能白。

三月蔷薇蔓,木笔书空,棣萼韡韡,杨入大水为萍,海棠睡,绣球落。

四月牡丹王,芍药相于阶,罂粟满,木香上升,杜鹃归,荼蘼香梦。

五月榴花照眼,萱北乡,夜合始交,蘘卜有香,锦葵开,山丹赪。